De Hemel
(I)

De heilige stad,
Jeruzalem] had de heerlijkheid Gods,
en haar glans geleek op een zeer kostbaar gesteente,
als de kristalheldere diamant.
(Openbaring 21:11)

De Hemel

(I)

Zo Helder en Mooi als Kristal

Dr.Jaerock Lee

De Hemel I: Zo Helder en Mooi als Kristal door Dr. Jaerock Lee
Gepubliceerd door Urim Books (Vertegenwoordiger: Kyungtae Noh)
73, Yeouidaebang-ro 22-gil, Dongjak-gu, Seoul, Korea
www.urimbooks.com

Alle rechten voorbehouden. Dit boek of delen van dit boek mogen in geen enkele vorm gekopieerd worden, in een terughaal systeem opgeslagen worden, of geleid worden in enige vorm of met enige betekenis, elektronisch, mechanisch, gekopieerd, opgenomen worden of iets dergelijks, zonder de toegestane schriftelijke goedkeuring van de uitgever.

Tenzij anders vermeld zijn alle Schriftgedeeltes genomen van de Heilige Bijbel, NBG vertaling 1951, ®, Copyright © 1960, 1962, 1963, 1968, 1971, 1972, 1973, 1975, 1977, 1995 door de Lockman Foundation. Gebruikt met toestemming.

Copyright © 2016 door Dr. Jaerock Lee
ISBN: 979-11-263-0030-3 04230
ISBN: 979-11-263-0029-7 (set)
Vertaling Copyright © 2009 door Dr. Esther K. Chung Gebruikt met toestemming.

Voorheen gepubliceerd in het Koreaans door Urim Books in 2002

Eerst uitgave januari 2016

Bewerkt door Dr. Geumsun Vin
Ontworpen door de uitgeverij van Urim Books
Gedrukt door Yewon Printing Company
Voor meer informatie, neem contact op met: urimbook@hotmail.com

Inleiding

De God van liefde leidt niet alleen elke gelovige naar het pad van redding, maar Hij openbaart ook de geheimen van de hemel.

Tenminste een keer in het leven, heeft iemand vragen zoals deze, "Waar ga ik naar toe na het leven hier op aarde?" of "Bestaan de hemel en de hel echt?" Vele mensen sterven zelfs voordat ze de antwoorden op zulke vragen ontvangen, of zelfs wanneer ze geloven in een leven na de dood, kent niet iedereen de hemel, omdat niet iedereen de juiste kennis bezit. De hemel en de de hel zijn geen fabeltjes, maar een realiteit in de geestelijke wereld.

Aan de ene kant, is de hemel zo'n mooie plaats dat het niet vergeleken kan worden met iets in deze wereld. Vooral de schoonheid en de gelukzaligheid van het Nieuwe Jeruzalem, waar Gods troon gelegen is, kan niet nauwkeurig beschreven worden, omdat het gemaakt is van de beste materialen en met hemelse vaardigheden.

Aan de andere kant, is de hel vol van oneindige, tragedische pijn, en eeuwigdurende straf; het is een verschrikkelijke realiteit, die tot in detail wordt uitgelegd in het boek *De Hel*.

De hemel en de hel werden bekend door Jezus en de Apostelen, en zelfs vandaag de dag, worden ze tot in detail geopenbaard door de mensen van God, die oprecht geloof hebben in Hem.

De hemel is de plaats waar de kinderen van God genieten van het eeuwige leven, en van onvoorstelbare schoonheid, en wonderlijke dingen die voor hen zijn voorbereid. Dus je kent het tot in detail enkel en alleen wanneer God het toestaat en aan je laat zien.

Ik heb voordurend gebeden en gevast gedurende zeven jaren om deze hemel te kennen en begon antwoorden van God te ontvangen. Nu toont God mij meer van de geheimen in de geestelijke wereld op een diepere wijze.

Omdat de hemel niet zichtbaar is, is het heel moeilijk om de hemel te beschrijven met de taal en de kennis van deze wereld. Er kunnen ook misverstanden over ontstaan. Dat is de reden waarom Paulus niet tot in detail kon vertellen over het Paradijs in de Derde hemel, die hij gezien had in een visioen.

God onderwees mij ook vele geheimen over de hemel, en gedurende vele maanden heb ik gepreekt over het gelukkige leven en de verschillende plaatsen en beloningen in de hemel, overeenkomstig de mate van geloof. Hoe dan ook, ik kon niet alles preken, wat ik geleerd heb, tot in detail.

De reden dat God mij de geheimen van de geestelijke wereld heeft bekend gemaakt door dit boek, is om zoveel mogelijk zielen te redden en hen naar de hemel te leiden, die helder en mooi is als kristal.

Ik geef alle glorie en dank aan God, die mij toestond om *De Hemel I: Zo Helder en Mooi als Kristal,* uit te geven, een beschrijving van een plaats die helder en mooi is als kristal, gevuld met Gods glorie. Ik hoop dat je zal beseffen Gods grote liefde die je de geheimen van de hemel laat zien en alle mensen leidt naar de weg van redding, zodat je het ook kan bezitten. Ik hoop ook dat je zal lopen naar het doel van het eeuwige leven, in het Nieuwe Jeruzalem.

Ik geef dank aan Geumsun Vin, Directeur van het bewerkkantoor en haar staf, en het Vertaalkantoor voor hun harde werk voor het uitgeven van het boek. Ik bid in de naam van de Here dat door dit boek, vele zielen gered zullen worden en zullen genieten van het eeuwige leven in het Nieuwe Jeruzalem.

Jaerock Lee

Voorwoord

Hopende dat een ieder van u Gods geduldige liefde zal beseffen, de gehele geest bereikt, en loopt naar het Nieuwe Jeruzalem.

Ik geef alle glorie en dank aan God, die talloze mensen geleid heeft om de geestelijke wereld volkomen te kennen en te lopen naar het doel met een hoop voor de hemel, door het uitgeven van de *Hel* en de tweedelige serie de *Hemel*.

Dit boek bestaat uit tien hoofdstukken en geeft je duidelijk te kennen over het leven en de schoonheid, en de verschillende plaatsen van de hemel, en de beloningen die gegeven worden overeenkomstig de mate van geloof. Dit is hetgeen wat God geopenbaard heeft aan Reverend Dr. Jaerock Lee, door de inspiratie van de Heilige Geest.

Hoofdstuk 1 "De Hemel: Zo helder en mooi als kristal" beschrijft de eeuwige gelukzaligheid van de hemel door naar de algemene verschijning ervan te kijken, terwijl het niet noodzakelijk is dat de zon of de maan schijnt.

Hoofdstuk 2 "De Hof van Eden en de wachtkamer van de Hemel" verklaart de lokatie, verschijning en het leven in de Hof van Eden, om u beter de hemel te helpen begrijpen. Dit hoofdstuk verteld ook over het plan en de voorzienigheid van God, waarom Hij de boom van kennis van goed en kwaad geplaatst heeft en de geestelijke ontwikkeling van menselijke wezens. Bovendien verteld het u ook over de wachtkamer, waar de geredde mensen wachten tot de dag van het Oordeel, tezamen met het leven in die plaats, en wat voor soort mensen het Nieuwe Jeruzalem binnen zullen gaan, zonder daar te wachten.

Hoofdstuk 3 "Het zevenjarige bruilofsmaal" verklaart Jezus Christus tweede wederkomst, de zeven jaar van Verdrukking, de Here's wederkomst op de aarde, het Duizendjarige rijk, en het eeuwige leven daarna.

Hoofdstuk 4 "De geheimen van de Hemel, verborgen sedert de schepping" bedekt de geheimen van de hemel, die ontsluierd werden door de parabels van Jezus, en verteld ons hoe de hemel te bezitten, waar er vele verblijfplaatsen zijn.

Hoofdstuk 5 "Hoe zullen wij leven in de Hemel?" verklaart de hoogte, de breedte en de huidskleur van het geestelijke lichaam, en hoe wij zullen leven. Met verschillende voorbeelden van het vreugdevolle leven in de hemel, spoort dit hoofdstuk u aan om krachtig voort te gaan naar de hemel, met een grote hoop ervoor.

Hoofdstuk 6 "Het Paradijs" legt uit dat het Paradijs het laagste niveau van de hemel is, en toch is het mooier en gelukzaliger dan deze wereld. Het beschrijft ook het soort mensen die het paradijs binnen zullen gaan.

Hoofdstuk 7 "Het Eerste Koninkrijk van de Hemel" verklaart het leven en de beloningen van het eerste koninkrijk, waar degene ondergebracht zullen worden die Jezus Christus aanvaard hebben en geprobeerd hebben om te leven overeenkomstig Gods woord.

Hoofdstuk 8 "Het Tweede Koninkrijk van de Hemel" doorgrond het leven en de beloningen van het tweede koninkrijk, waar degene zullen binnen gaan die niet de volledige heiligheid bereikt hebben, maar hun plicht gedaan hebben. Het legt ook de nadruk op de belangrijkheid van gehoorzaamheid en het uitvoeren van iemands verplichtingen.

Hoofdstuk 9 "Het Derde Koninkrijk van de Hemel" legt de schoonheid en de glorie uit van het derde koninkrijk, welke niet vergeleken kan worden met het tweede koninkrijk. Het derde koninkrijk is alleen de plaats voor degene die al hun zonde hebben verworpen – zelfs de zonde in hun natuur – door hun eigen inspanning en de hulp van de Heilige Geest. Het verklaart de liefde van God, die testen en beproevingen toestaat.

Als laatste, Hoofdstuk 10 "Het Nieuwe Jeruzalem" introduceert het Nieuwe Jeruzalem, de mooiste en meest glorieuse plaats in de hemel, waar Gods troon gelegen is. Het beschrijft het soort mensen die het Nieuwe Jeruzalem zullen binnengaan. Dit hoofdstuk eindigt door de lezers te voorzien van een hoop door de voorbeelden van de huizen van twee mensen die het Nieuwe Jeruzalem zullen binnen gaan.

God heeft de hemel voorbereid, die helder en mooi is als kristal, voor Zijn geliefde kinderen. Hij wil dat zoveel mogelijk mensen gered worden en ziet ernaar uit om Zijn kinderen het Nieuwe Jeruzalem te zien binnentreden.

Ik hoop in de naam van de Here, dat alle lezers van *De Hemel I: Zo Helder en Mooi als Kristal,* zullen beseffen Gods grote liefde, de volmaakte geest zullen bereiken met het hart van de Here, en krachtig zullen lopen naar het Nieuwe Jeruzalem.

Geumsun Vin
Directeur van het redactionele kantoor

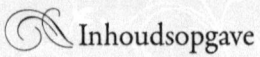
Inhoudsopgave

Inleiding
Voorwoord

Hoofdstuk 1 **De Hemel: Zo helder en mooi als kristal** • 1
De nieuwe hemel en de nieuwe aarde
De Rivier van het water des levens
De troon van God en van het Lam

Hoofdstuk 2 **De Hof van Eden en de wachtkamer van de Hemel** • 21
De Hof van Eden waar Adam leeft
Mensen zijn gegroeid op aarde
De wachtkamer van de hemel
Mensen die niet in de wachtkamer zijn

Hoofdstuk 3 **Het zevenjarige bruiloftsmaal** • 49
Jezus wederkomst en het Zevenjarige bruiloftsmaal
Het duizendjarige rijk
De hemel beloond na de dag des oordeels

Hoofdstuk 4 **De geheimen van de Hemel, verborgen sedert de schepping** • 73
Geheimen van de hemel zijn geopenbaard sinds de tijd van Jezus
De geheimen van de hemel geopenbaard in de eindtijd
In Mijn Vaders huis zijn vele verblijfplaatsen

Hoofdstuk 5 **Hoe zullen wij leven in de Hemel?** • 105

    Een globale levensstijl in de hemel
    Kleding in de hemel
    Voedsel in de hemel
    Vervoer in de hemel
    Vermaak in de hemel
    Aanbidding, opleiding, en cultuur in de hemel

Hoofdstuk 6 **Het Paradijs** • 133

    De schoonheid en gelukzaligheid van het Paradijs
    Wat voor soort mensen gaan naar het Paradijs?

Hoofdstuk 7 **Het Eerste Koninkrijk van de Hemel** • 149

    Zijn schoonheid en gelukzaligheid overtreft het Paradijs
    Wat voor soort mensen gaan naar het Eerste Koninkrijk?

Hoofdstuk 8 **Het Tweede Koninkrijk van de Hemel** • 163

    Mooie, persoonlijke huizen voor iedereen
    Wat voor soort mensen gaan naar het Tweede Koninkrijk?

Hoofdstuk 9 **Het Derde Koninkrijk van de Hemel** • 181

    Engelen dienen elk kind van God
    Wat voor soort mensen gaan naar het Derde Koninkrijk?

Hoofdstuk 10 **Het Nieuwe Jeruzalem** • 199

    Mensen in het Nieuwe Jeruzalem zien God van aangezicht tot aangezicht
    Wat voor soort mensen gaan naar het Nieuwe Jeruzalem?

Hoofdstuk 1

De Hemel:
Zo helder en mooi als kristal

1. De nieuwe hemel en de nieuwe aarde
2. De Rivier van het water des levens
3. De troon van God en van het Lam

En Hij toonde mij een rivier
van water des levens,
Helder als kristal,
Ontspringende uit de troon
van God en van het Lam.
Midden op haar straat
En aan weerszijden van de rivier staat
het geboomte des levens,
Dat twaalfmaal vrucht draagt,
Iedere maand zijn vrucht gevende;
En de bladeren van het geboomte
Zijn tot genezing der volkeren.
En niets vervloekts zal er meer zijn;
En de troon van God en
van het Lam zal daarin zijn,
En Zijn dienstknechten zullen Hem vereren;
En zij zullen Zijn aangezicht zien
En Zijn naam zal op hun voorhoofden zijn.
En er zal geen nacht meer zijn;
En zij hebben geen licht
van een lamp van node,
Want de Here God zal hen verlichten
En zij zullen als koningen heersen tot
in alle eeuwigheden.

- Openbaring 22:1-5 -

Vele mensen vragen zich af, "Er wordt gezegd dat we een gelukkig leven kunnen hebben in de hemel – wat voor plaats is het?" Als je naar de getuigenissen luistert van degenen die naar de hemel geweest zijn, kun je van de meesten horen dat je door een lange tunnel gaat. Dit komt omdat de hemel in de geestelijke wereld is, welke heel verschillend is van de wereld waarin je leeft. Degene die in deze drie-dimentionale wereld leven, kennen de hemel niet tot in detail. Je kent deze wonderbaarlijke wereld, boven deze drie-dimensionale wereld alleen maar, als God je erover verteld of wanneer je geestelijke ogen geopend zijn.

Wanneer je deze geestelijke wereld tot in detail kent, zal niet alleen je ziel gelukkig zijn, maar ook je geloof zal snel groeien, en je zal geliefd zijn door God. Dus, vertelde Jezus de geheimen over de hemel aan jou door vele parabels, en de Apostel Paulus legt tot in detail uit over de hemel in het boek van Openbaringen.

Wat voor een plaats is de hemel dan en hoe gaan de mensen daar leven? Je zal een korte kijk krijgen in de hemel, zo helder en mooi als kristal, welke God heeft voorbereid om Zijn liefde te delen met Zijn kinderen voor eeuwig.

1. De Nieuwe hemel en de nieuwe aarde

De eerste hemel en de eerste aarde die God geschapen had, waren zo helder en mooi als kristal, maar ze werden vervloekt mede door de ongehoorzaamheid van Adam, de eerste mens. Ook, de snelle en industriele uitbereiding en ontwikkeling van wetenschap en technologie, hebben de aarde verontreinigd, en meer mensen zijn geroepen voor de bescherming van de natuur vandaag de dag.

Daarom, wanneer de tijd komt, zal God de eerste hemel en de eerste aarde opzij zetten, en een nieuwe hemel en een nieuwe aarde openbaren. Ondanks dat deze aarde verontreinigd is en rot, is het nog steeds noodzakelijk voor het opvoeden van ware kinderen van God, die de hemel kunnen en zullen binnengaan.

In het begin, schiep God de aarde, en dan de mens, en leidde de mens in de hof van Eden. Hij gaf hem de maximale vrijheid en overvloed, door hem alles toe te staan, behalve het eten van de boom van kennis van goed en kwaad. De mens, hoe dan ook, overtrad het enige ding wat God verboden had, en werd daarna verdreven naar deze aarde, de eerste hemel en de eerste aarde.

Omdat de almachtige God wist dat de het menselijke ras op de weg van de dood zou gaan, had Hij Jezus Christus voorbereid, zelfs voordat de tijd begon en zond Hem naar deze aarde op de bestemde tijd.

Dus, iedereen die Jezus Christus, die gekruisigd werd en opstond aanneemt, zal veranderd worden in een nieuwe schepping en naar de nieuwe hemel en de nieuwe aarde gaan en een eeuwig leven genieten.

De blauwe lucht van de nieuwe hemel zo helder als kristal

De lucht van de nieuwe hemel die God bereid heeft is gevuld met reine lucht, om het werkelijk helder, puur en rein te maken niet te vergelijken met de lucht in deze wereld. Stel je een heldere en hoge lucht met pure witte wolken voor. Hoe wonderlijk en liefelijk zou dat zijn!

Waarom dan maakt God de nieuwe lucht blauw? Geestelijk, laat de blauwe kleur je diepte, hoogte en reinheid voelen. Water is zo zuiver als het blauw ziet. Als je naar de blauwe hemel kijkt, kan je ook voelen dat je hart verfrist is. God maakte de lucht van deze wereld blauw, omdat Hij je hart rein maakte en je een hart gaf wat zocht naar de Schepper. Als je kan belijden, kijkende naar de blauwe, heldere lucht, "Mijn Schepper moet daar zijn. Hij maakte alles zo mooi!" zal je hart gereinigd zijn en verplicht zijn om een goed leven te leiden.

Wat als de gehele lucht geel zou zijn? In plaats van aangenaam voelen, zullen mensen zich ongemakkelijk voelen en verward, en sommigen zouden misschien aan mentale problemen lijden. Evenzo, kan de gedachten van mensen bewogen, verfrist of verward worden overeenkomstig de verschillende kleuren. Dat is de reden waarom God de lucht in de nieuwe hemel blauw heeft gemaakt en er zuivere witte wolken plaatste zodat Zijn kinderen in staat zijn om een gelukkig leven te hebben met harten die zo helder en mooi zijn als kristal.

Nieuwe aarde gemaakt van zuiver goud en juwelen van de hemel

Hoe zal de nieuwe aarde er dan uitzien in de hemel? Op de nieuwe aarde van de hemel, welke God rein gemaakt heeft en helder als kristal, is er geen vuil of stof. De nieuwe aarde is alleen maar samengesteld uit zuiver goud en juwelen. Hoe fascinerend zou het zijn, om in de hemel te zijn waar er glanzende straten gemaakt zijn van zuiver goud en juwelen!

Deze aarde is gemaakt van de bodem, welke kan veranderen gedurende de tijd. Deze verandering laten je de nietszeggendheid en dood zien. God stond alle planten toe om te groeien, vrucht te dragen, en te vergaan in de bodem, zodat je zou beseffen dat het leven een einde heeft op deze aarde.

De hemel is gemaakt van zuiver goud en juwelen die niet veranderen, omdat de hemel een echte en eeuwige wereld is. Ook, net zoals de planten groeien op deze aarde, zullen ze in de hemel groeien als ze geplant zijn. Hoe dan ook, ze zullen nooit sterven of vergaan zoals degene op deze aarde.

Bovendien, zelfs de heuvels en de kastelen zijn gemaakt van zuiver goud en juwelen. Hoe schitterend en mooi zal dat zijn! Je zou een echt geloof moeten hebben, zodat je deze schoonheid en gelukzaligheid van de hemel niet mist, die niet precies kan uitgelegd worden met woorden.

Verdwijning van de eerste hemel en de eerste aarde

Wat zal er gebeuren met de eerste hemel en de eerste aarde, wanneer deze mooie nieuwe hemel en nieuwe aarde verschijnen?

"En ik zag een grote witte troon en Hem, die daarop gezeten was, voor wiens aangezicht de aarde en de hemel vluchtten, en geen plaats werd voor hen gevonden" (Openbaring 20:11).

"En ik zag een nieuwe hemel en een nieuwe aarde; want de eerste hemel en de eerste aarde waren voorbij

gegaan, en de zee was niet meer" (Openbaring 21:1).

Wanneer de mensen die ontwikkeld zijn op deze aarde, geoordeeld zijn tussen goed en kwaad, zullen de eerste hemel en de eerste aarde voorbij zijn. Dit betekent dat ze niet volledig zullen verdwijnen, maar in plaats daarvan gerelokaliseerd zullen worden naar een andere plaats.

Waarom dan zal God de eerste hemel en de eerste aarde verhuizen, in plaats van er volledig meer af te rekenen? Dat komt omdat Zijn kinderen die in de hemel leven de eerste hemel en de eerste aarde zullen missen, als Hij ze volledig verwijderd. Ondanks dat ze zorgen en moeilijkheden hebben gehad in de eerste hemel en de eerste aarde, zullen ze die soms missen, omdat het eens hun thuis was. Dus, dit wetende, verhuist de God van liefde hen van het ene deel van het universum, en zal er niet volledig mee af rekenen.

Het universum waarin je leeft is een eindeloze wereld, en er zijn nog zovele andere universums. Dus, God zal de eerste hemel en de eerste aarde naar een hoek van de universums verhuizen, en Zijn kinderen die laten bezoeken wanneer het nodig is.

Er zijn geen tranen, zorgen, dood of ziekten

De nieuwe hemel en de nieuwe aarde, waar Gods kinderen leven die gered zijn, zullen niet opnieuw een vloek hebben en zullen vol van gelukzaligheid zijn. In Openbaringen 21:3-4, zal je zien dat er geen tranen, zorgen, dood, treuren, of ziekten meer zijn in de hemel, omdat God daar is.

"En ik hoorde een luide stem van de troon zeggen: Zie, de tent van God is bij de mensen en Hij zal bij hen wonen, en zij zullen zijn volk zijn en God zelf zal bij hen zijn, en Hij zal alle tranen van hun ogen afwissen, en de dood zal niet meer zijn, noch rouw, noch geklaag, noch moeite zal er meer zijn, want de eerste dingen zijn voorbijgegaan."

Hoe droevig zou het zijn als je stervende was en zelfs je kinderen aan het schreeuwen waren voor voedsel, omdat ze honger hebben? Wat voor nut zou het hebben, als er iemand zou komen en zeggen, "Je bent zo hongerig dat je ervan huilt." En je tranen wegveegt, maar je niets geeft? Wat is dan de echte hulp daarvan? Hij zou je iets moeten geven om te eten, zodat jij en je kinderen niet zullen uithongeren. Alleen daarna, zullen de tranen van jou en je kinderen stoppen.

Evenzo, om te zeggen dat God alle tranen zal wegwissen van je ogen, betekent dat wanneer je gered bent en naar de hemel gaat, er geen zorgen of problemen meer zullen zijn, omdat er geen tranen, zorgen, dood, treuren of ziektes zijn in de hemel.

Aan de ene kant, of je nu wel of niet in God gelooft, je Zal op deze aarde met een soort zorgen leven. Wereldse mensen, zullen zoveel verdriet hebben, met het kleine verlies wat ze lijden. Aan de andere kant, degene die geloven, zullen treuren met liefde en genade voor degene die nog niet gered zijn.

Eens je naar de hemel gaat, hoe dan ook, zal je je geen zorgen hoeven te maken over dood, of andere mensen die zondigen en in de eeuwige dood vallen. Je zal niet meer lijden aan de zonde, dus er kan geen enkele soort bezorgdheid zijn.

Op deze aarde, wanneer je vervuld bent met bedroefdheid, kreun je. In de hemel, hoe dan ook, is er geen nood om te kreunen, omdat er geen enkele ziekte of bezorgdheid is. Er zal alleen maar eeuwige gelukzaligheid zijn.

2. De rivier van het water des levens

In de hemel, stroomt de Rivier van het water des levens, zo helder als kristal, in het midden van de grote straat. Openbaring 22:1-2 legt deze rivier van het water des levens uit, en je moet alleen bij de veronderstelling al blij zijn.

"En Hij toonde mij een rivier van water des levens, helder als kristal, ontspringende uit de troon van God en van het Lam. Midden op haar straat en aan weerszijden van de rivier staat het geboomte des levens, dat twaalfmaal vrucht draagt, iedere maand zijn vrucht gevende; en de bladeren van het geboomte zijn tot genezing der volkeren."

Ik heb een keer gezwommen in een zeer heldere zee van de Grote Oceaan, en het water was zo helder dat ik de planten en de vissen erin kon zien. Het was zo mooi, dat ik zo blij was om er in te zijn. Zelfs in deze wereld, kan je hart verfrist worden en gereinigd worden wanneer je naar zuiver water kijkt. Hoeveel gelukkiger zal je zijn in de hemel, waar de Rivier van het Water des Levens is, welke helder als kristal is, en stroomt in het midden van de grote straat!

De Rivier van het Water des Levens

Zelfs in deze wereld, als je kijkt naar een heldere zee, reflecteren de zonnestralen op de golven en schijnen mooi. De Rivier van het Water des Levens in de hemel, ziet blauw van verweg, maar als je er van dichtbij naar kijkt, is het zo helder, mooi, vlekkeloos en zuiver, dat je het kan uitdrukken als "Helder als kristal."

Waarom dan, stroomt deze Rivier van het Water des Levens vanuit de troon van God en van het Lam? Geestelijk, verwijst water naar Gods woord, welke het voedsel des levens is, en je verkrijgt geestelijk leven door Gods woord. Jezus zegt in Johannes 4:14 *"Maar wie gedronken heeft, zal geen dorst krijgen in eeuwigheid; maar het water, dat Ik hem zal geven, zal in hem worden tot een fontein van water, dat springt ten eeuwigen leven."* Gods woord is het water van eeuwig leven, die leven aan je geeft, en dat is de reden waarom de Rivier van het Water des Levens uit Gods troon stroomt en dat van het Lam.

Hoe dan zal het Water des Levens smaken? Het is iets wat zo zoet is, dat je in deze wereld niet kan ervaren, en je voelt je energiek eens je het gedronken hebt. God gaf het Water des Levens aan de mensheid, maar na de Val van Adam, werd het water, tesamen met alle andere dingen, vervloekt. Sinds die tijd, zijn de mensen niet in staat meer geweest om het Water des Levens te proeven hier op aarde. Je zal alleen in staat zijn om het te proeven nadat je naar de hemel gaat. Mensen op deze aarde, drinken vervuild water, en zoeken het in kunstmatig drinken, zoals frisdrank, in plaats van water. Evenzo, kan het water op deze aarde, geen eeuwig leven geven, maar het water des Levens in de hemel, Gods woord, geeft eeuwig leven. Het is zoeter dan honing en het druipt van de honingraat, en het geeft kracht aan je geest.

De Rivier stroomt door de hele hemel

De Rivier van het Water des Levens, die stroomt van de troon van God en het Lam, is net zoals het bloed dat het leven geeft in je lichaam door te circuleren. Het stroomt door de hele hemel in het midden van de grote straat en komt terug naar de Troon van God. Waarom dan, stroomt deze Rivier van het Water des Levens door de hele hemel in het midden van de grote straat?

Ten eerste, deze Rivier van het Water des Levens, is de gemakkelijkste weg om naar Gods troon te gaan. Daarom, om naar het Nieuwe Jeruzalem te gaan, waar Gods troon is gelegen, moet je enkel de straat volgen die gemaakt is van zuiver goud aan beide zijden van de rivier.

Ten tweede, in Gods woord staat de weg naar de hemel, en je kan de hemel binnengaan enkel door deze weg van het woord te volgen. Zoals Jezus zegt in Johaness 14:6, *"Ik ben de weg, de waarheid en het leven; niemand komt tot de Vader, dan door Mij,"* daar staat de weg naar de hemel in Gods woord van waarheid. Wanneer je handelt overeenkomstig Gods woord, kan je de hemel binnengaan waar Gods woord, de Rivier van het water des Levens, stromen.

Evenzo, ontwierp God de hemel op zo'n wijze, dat je door enkel de Rivier van het water des Levens te volgen, je aankomt in het Nieuwe Jeruzalem, waar Gods troon zich bevind.

Gouden en zilveren stranden aan de Rivierzijde

Wat zal er zijn aan de zijde van de Rivier van het Water des Levens? Eerst zal je gouden en zilveren stranden zien die zich wijd en ver uitspreiden. Zand in de hemel is rond en zo zacht dat het niet plakt aan de kleding, ook niet als je erin gerold hebt.

Er zijn ook vele confortabele banken die gedecoreerd zijn met goud en juwelen. Wanneer je op de bank zit met je dierbare vrienden, en een zegenrijk gesprek hebt, zullen aardige engelen je dienen.

Op deze aarde, bewonder je engelen, maar in de hemel, zullen engelen je "meester" noemen en je dienen zoals je het wenst. Als je fruit wil hebben, zal de engel je een mand vol met fruit brengen, gedecoreerd met juwelen of bloemen en de mand in een ogenblik aan je overhandigen.

Bovendien, aan beide zijden van de Rivier van het Water des Levens, zijn mooie bloemen uit verschillende kleuren, vogels, insecten, en dieren. Ze dienen je ook als een meester, en je kan je liefde met hen delen. Hoe wonderlijk en mooi is deze hemel met deze Rivier van het Water des Levens!

De boom des levens aan iedere zijde van de Rivier

Openbaring 22:1-2 legt tot in detail uit de boom des levens aan iedere zijde van de Rivier van het Water des Levens.

"En Hij toonde mij een rivier van het water des levens, helder als kristal, ontspringende uit de troon van God en van het Lam. Midden op haar straat en

aan weerszijden van de rivier staat het geboomte des levens, dat twaalfmaal vrucht draagt, iedere maand zijn vrucht gevende; en de bladeren van het geboomte zijn tot genezing der volkeren."

Waarom dan, heeft God de boom des levens aan weerszijden van de rivier geplaatst, twaalfmaal vrucht dragende?

Allereerst, wilde God dat al Zijn kinderen, die de hemel zijn binnengegaan, de schoonheid en het leven van de hemel voelen. Hij wilde hen ook herinneren dat ze de vrucht van de Heilige Geest droegen, toen ze handelden overeenkomstig Gods woord, net zoals ze voedsel konden eten door het zweet van hun eigen voorhoofd.

Je moet hier een ding beseffen. Twaalfmaal vrucht dragen, betekent niet dat een boom twaalfmaal vrucht draagt, maar twaalf verschillende soorten bomen dragen ieder vrucht. In de Bijbel, kan je zien dat de twaalf stammen van Israël gevormd werden, door de twaalf zonen van Jakob, en door deze twaalf stammen, werd de natie Israël gevormd en de naties die het Christendom hebben aangenomen, opgericht over de hele wereld. Zelfs Jezus wees twaalf discipelen aan, en het evangelie is verkondigd en verspreid aan de naties door hen en hun discipelen.

Daarom, Twaalfmaal vruchtdragen van de boom des levens, symboliseert, dat iedereen van iedere natie, als hij het geloof volgt, de vruchten van de Heilige Geest kan dragen en de hemel kan binnengaan.

Als je eet van de mooie en kleurrijke vruchten van de boom des levens, zal je verfrist worden en je gelukkiger voelen. Ook, zodra het geplukt wordt, zal er een andere zijn plaats innemen, dus ze raken nooit op. De bladeren van de boom des levens zijn donkergroen en stralend, en zullen voor eeuwig zo blijven, omdat er niets zal zijn zoals vallen of eten. Deze groene en stralende bladeren zijn veel groter dan de bladeren van de bomen van deze wereld, en ze groeien op een zeer ordelijke wijze.

3. De troon van God en van het Lam

Openbaring 22:3-5 beschrijft de lokatie van de Troon van God en van het Lam die in het midden van de hemel is.

"En de troon van God en van het Lam zal daarin zijn en zijn dienstknechten zullen Hem vereren, en zij zullen zijn aangezicht zien en zijn naam zal op hun voorhoofden zijn. En er zal geen nacht meer zijn en zij hebben geen licht van een lamp of licht der zon van node, want de Here God zal hen verlichten en zij zullen als koningen heersen tot in alle eeuwigheden."

De troon van God is in het midden van de Hemel

De hemel is de eeuwige plaats, waar God regeert met liefde en gerechtigheid. In het Nieuwe Jeruzalem, gelegen in het midden van de hemel, daar is de troon van God en van het Lam. Het Lam verwijst hier naar Jezus Christus (Exodus 12:5; Johannes 1:29; 1 Petrus 1:19).

Niet iedereen kan de plaats waar God gewoonlijk verblijft, binnentreden. Het is gelegen in een ruimte van een andere dimensie van het Nieuwe Jeruzalem. Gods troon in deze plaats is zoveel mooier en prachtiger dan degene in het Nieuwe Jeruzalem. Gods troon in het Nieuwe Jeruzalem, is waar God zelf naar beneden komt, wanneer Zijn kinderen aanbidden of feestmaal houden. Openbaringen 4:2-3 laat ons zien God zittende op Zijn troon.

"Terstond kwam ik in vervoering des geestes en zie, er stond een troon in de hemel en iemand was op die troon gezeten. En die erop gezeten was, was van aanzien, de diamant en sardius gelijk; en een regenboog was rondom de troon, van aanzien de smaragd gelijk."

Rondom de troon zijn viertwintig oudsten gezeten, gekleed in witte klederen met gouden kronen op hun hoofd. Voor de troon zijn de Zeven Geesten van God en de glazen zee, zo helder als kristal. In het centrum en rondom de troon zijn de vier levende dieren en vele hemelse menigten en engelen.

Bovendien, is Gods troon bedekt met lichten. Het is zo mooi, ontzagwekkend, majestieus, waardig en groot dat het boven menselijk begrijpen gaat. Ook aan de rechterzijde van Gods troon is de troon van het Lam, onze Here Jezus. Het is totaal verschillend van de troon van God, maar God de Drie-eenheid, de Vader, de Zoon en de Heilige Geest, hebben hetzelfde hart, karakterkenmerken en kracht.

Meer details over Gods troon zullen uitgelegd worden in het tweede boek van de *Hemel* met als titel *"Gevuld met Gods glorie."*

Geen nacht en geen dag

God regeert over de hemel en het universum met Zijn liefde en gerechtigheid vanaf Zijn troon, welke stralend is met het heilige en mooie licht van glorie. De troon is in het midden van de hemel en naast de troon van God is de troon van het Lam, en er schijnt ook het licht van glorie. Daarom, heeft de hemel de zon of de maan niet van node, of enig ander licht, of elektriciteit om erop te schijnen. Er is geen nacht of dag meer in de hemel.

Overigens, Hebreeën 12:14 spoort je aan *"Jaagt naar vrede met allen en naar de heiliging, zonder welke niemand de Here zal zien."* Jezus belooft aan jou in Matteüs 5:8 *"Zalig de reinen van hart, want zij zullen God zien."*

Daarom, die gelovigen die afrekenen met al het kwaad in hun hart en Gods woord volledig gehoorzamen, kunnen het aangezicht van God zien. Naar de mate dat ze lijken op de Here, zullen de gelovigen gezegend zijn in de wereld, en ook dichter bij Gods troon leven in de hemel.

Hoe gelukkig zullen mensen zijn als ze Gods aangezicht kunnen zien, Hem dienen, en liefde kunnen delen met Hem voor eeuwig! Hoe dan ook, net zoals je niet in de zon kan kijken, omdat het zo stralend is, degenen die niet gelijken op het hart van de Here, kunnen God niet zien van dichtbij.

Geniet van ware gelukzaligheid in de hemel voor eeuwig

Je kan ware gelukzaligheid genieten in alles wat je doet in de hemel, omdat het het beste geschenk is wat God heeft voorbereid met een buitengewone liefde voor Zijn kinderen. Engelen zullen de kinderen van God dienen, zoals het staat geschreven in Hebreeën 1:14 *"Zijn zij niet allen dienende geesten, die uitgezonden worden ten dienste van hen, die het heil zullen beërven?"* Terwijl mensen verschillende maten van geloof hebben, hoe dan ook, zal ook de grote van de huizen en het aantal dienende engelen verschillen overeenkomstig de mate dat de mensen gelijken op God.

Ze zullen gediend worden als prinsen en princessen, omdat de engelen de gedachten van hun meester kunnen lezen, aan wie ze toegeschreven worden en ze zullen alles voorbereiden wat ze willen. Bovendien, zullen de dieren en planten de kinderen van God liefhebben en hen dienen. Dieren in de hemel zullen Gods kinderen onvoorwaardelijk gehoorzamen en soms zelfs proberen om schattige dingen te doen om hen te behagen, omdat ze geen kwaad hebben.

Hoe zit het dan met de planten in de hemel? Elke plant heeft een mooie en unieke geur, en iedere keer wanneer Gods kinderen hen benaderen, zullen ze die geur afgeven. Bloemen geven hun beste geur af voor Gods kinderen en de geur verspreid zich zelfs naar verdere afstanden. De geur wordt ook opnieuw geboren als het uitgewerkt is.

Ook, de vruchten van de twaalf soorten bomen des levens hebben hun eigen smaak. Als je de geur reukt van de bomen of eet van de boom des levens, zul je verfrist worden en gelukkig zijn, het kan niet vergeleken worden met iets van deze wereld.

Bovendien, in tegenstelling tot de planten van deze aarde, zullen de bloemen in de hemel glimlachen, wanneer de kinderen van God hen naderen. Ze zullen zelfs dansen voor hun meesters

17

en de mensen kunnen ook met hen praten. Zelfs als iemand een bloem plukt, zal het geen pijn hebben of bedroefd zijn, maar herstelt worden door de kracht van God. De bloem die geplukt werd zal oplossen in de lucht terwijl het een heerlijke geur verspreid en verdwijnen als adem.

Er zijn vier seizoenen in de hemel, en mensen kunnen genieten van de verandering van seizoenen. Mensen zullen de liefde van God voelen, terwijl ze genieten van de speciale kenmerken van elke seizoen, lente, zomer, herfst en winter. Nu vraagt zich misschien iemand af, "Zullen we nog steeds lijden van de warmte van de zomer en de koude van de winter, in de hemel?" Het weer in de hemel, hoe dan ook, is in perfecte vorm voor Gods kinderen om te leven, en ze zullen niet lijden aan de warmte of koude van het weer. Ondanks dat geestelijke lichamen geen warmte of koude kunnen voelen, zelfs niet in warme of koude plaatsen, toch kunnen ze de koude of warme lucht voelen. Dus niemand zal lijden aan het koude of warme weer in de hemel.

In de herfst, kunnen Gods kinderen genieten van mooie vallende bladeren, en in de winter kunnen ze witte sneeuw zien. Ze zullen in staat zijn om te genieten van de schoonheid, die veel mooier is dan iets van deze wereld. De reden dat God de vier seizoenen in de hemel gemaakt heeft, is om Zijn kinderen te laten weten dat alles wat ze willen klaar is om van te genieten in de hemel. Ook is het een voorbeeld van Zijn liefde, om Zijn kinderen te bevredigen, wanneer ze de aarde missen waarop ze ontwikkeld werden totdat ze Gods echte kinderen werden.

De hemel is een vier-dimensionale wereld die niet vergeleken kan worden met deze wereld. Het is vol van Gods liefde, en kracht en heeft eindeloze gebeurtenissen en activiteiten, mensen kunnen het zich zelfs niet voorstellen. Je zal meer leren over de eeuwige gelukzaligheid van de gelovigen in de hemel in hoofdstuk 5.

Alleen degene wiens naam opgeschreven staat in het boek des levens van het Lam kan de hemel binnentreden. Zoals geschreven in Openbaring 21:6-8, Kan alleen hij die drinkt van het water des levens en Gods kind wordt, het koninkrijk van God beërven.

En Hij sprak tot mij, "Zij zijn geschied. Ik ben de Alfa en Omega, het begin en het einde. Ik zal de dorstige geven uit de bron van het water des levens om niet. Wie overwint, zal deze dingen beërven, en Ik zal hem een God zijn en hij zal Mij een zoon zijn. Maar de lafhartigen, de ongelovigen, de verfoeilijken, de moordenaars, de hoereerders, de tovenaars, de afgodendienaars en alle leugenaars – hun deel is in de poel, die brandt van vuur en zwavel: dit is de tweede dood."

Het is een essentiele verplichting van de mens om God te vrezen en Zijn geboden te onderhouden (Prediker 12:13). Dus als je God niet vreest of Zijn woord breekt en blijft zondigen zelfs als je weet dat je zondigt, kan je de hemel niet binnengaan. Boze mensen, moordenaars, overspeligen, tovenaars, en afgodendienaars, die boven hun zinnen gaan, zullen de hemel niet binnentreden. Ze negeerden God, dienden demonen, en geloofden in vreemde goden, volgende de Satan en de duivel.

Ook, degene die liegen tegen God en Hem bedriegen, tegen spreken, lasteren de Heilige Geest, zij zullen de hemel niet binnengaan. Zoals beschreven in het boek de hel, zullen deze mensen eeuwige straf lijden in de hel.

Daarom, bid ik in de naam van de Here, dat jullie niet alleen Jezus Christus aannemen en het recht zullen verkrijgen om kinderen van God te worden, maar ook zullen genieten van een eeuwige gelukzaligheid in deze mooie hemel, die zo helder als kristal is, door het woord van God te volgen.

Hoofdstuk 2

De Hof van Eden en de wachtkamer van de Hemel

1. De Hof van Eden waar Adam leeft
2. Mensen zijn gegroeid op aarde
3. De wachtkamer van de hemel
4. Mensen die niet in de wachtkamer zijn

God, de HEER,
legde in het oosten, in Eden,
een tuin aan en daarin plaatste hij
de mens die hij had gemaakt.
Hij liet uit de aarde
allerlei bomen opschieten
die er aanlokkelijk uitzagen,
met heerlijke vruchten.
In het midden van de tuin stonden de
levensboom en de boom van de kennis
van goed en kwaad.

- Genesis 2:8-9 -

Adam de eerste mens die God schiep, leefde in de Hof van Eden als een levende geest communicerende met God. Na een lange tijd echter, beging Adam een zonde van ongehoorzaamheid door van de boom van kennis van goed en kwaad te eten, hetgeen God hem verboden had. Met als gevolg dat zijn geest, de meester der mensen, stierf. Hij werd uit de Hof van Eden gejaagd, en moest leven op deze aarde. Nu de geesten van Adam en Eva gestorven waren, was de communicatie met God afgesneden. Terwijl ze op deze vervloekte aarde leefden, hoeveel zullen ze de Hof van Eden gemist hebben?

De alom aanwezige God wist van te voren al van de ongehoorzaamheid van Adam en bereidde Jezus Christus voor, en opende de weg van redding als de tijd daar zou zijn. Iedereen die gered is door geloof zal de hemel beërven, die zelfs niet vergeleken kan worden met de Hof van Eden.

Na de opstanding van Jezus en toen Hij naar de hemel ging, heeft Hij een wachtplaats gemaakt waar de mensen die gered zijn kunnen verblijven op een verblijfplaats tot de dag van het oordeel. Laat ons eens zien naar de Hof van Eden en de wachtplaats voor de hemel om de hemel beter te kunnen begrijpen.

1. De Hof van Eden waar Adam leefde

Genesis 2:8-9 verklaart de Hof van Eden. Dit is de plaats waar God de eerste man en vrouw, Adam en Eva, schiep en waar zij leefden.

> "God, de HEER, legde in het oosten, in Eden, een tuin aan en daarin plaatste hij de mens die hij had gemaakt. Hij liet uit de aarde allerlei bomen opschieten die er aanlokkelijk uitzagen, met heerlijke vruchten. In het midden van de tuin stonden de levensboom en de boom van de kennis van goed en kwaad."

De Hof van Eden was een plaats waar Adam, een levende geest, ging leven, dus het moest ergens gemaakt worden in de geestelijke wereld. Maar waar is de echte Hof van Eden, heden ten dage, de verblijfplaats van de eerste mens Adam?

De lokatie van de Hof van Eden

God noemt de "hemelen" op vele plaatsen in de bijbel om je te laten weten dat er plaatsen zijn in de geestelijke wereld voorbij de lucht die je ziet met het blote oog. Hij gebruikte het woord "hemelen" om je te laten begrijpen dat die ruimte tot de geestelijke wereld behoort.

> De HEER, die vrij kan beschikken over de hoogste hemel en over de aarde en alles wat daarop leeft (Deuteronomium 10:14).

> Hij maakt de aarde door zijn kracht, Hij bereidt de wereld toe door zijn wijsheid en breidt de hemel uit door zijn verstand (Jeremia 10:12).

Looft Hem, hemel der hemelen, en gij wateren boven de hemel (Psalmen 148:4).

Daarom zou je moeten begrijpen dat met de "hemelen" niet alleen de lucht die je met het blote oog kunt zien bedoeld wordt. Het is de eerste hemel waar de zon, de maan en de sterren zijn, en er is de tweede hemel en derde hemel die tot de geestelijke wereld behoren. In 2 Korintiërs 12 spreekt de apostel Paulus over de derde hemel. De gehele hemel vanaf het Paradijs tot aan het Nieuwe Jeruzalem is in deze derde hemel.

De apostel Paulus is naar het Paradijs geweest, welke de plaats is voor hen die het minste geloof hebben en welke het verst weg is van de troon van God. En daar hoorde hij over de geheimen van de hemel. Toch beleed hij dat het "dingen waren die de mens niet mag vertellen"

Maar wat voor een soort wereld is de tweede hemel? Het is verschillend van de derde hemel, en de Hof van Eden hoort hier. De meeste mensen hebben gedacht dat de Hof van Eden hier op aarde is. Vele bijbel studenten en onderzoekers gaan door met archeologisch onderzoek en studies in de buurt van Mesopotamië en de bovenloop van de Eufraat en de Tigres in het Midden Oosten. Maar ze hebben tot op heden nog niets ontdekt. De reden waarom de mensen de Hof van Eden niet kunnen vinden op deze aarde is omdat het in de tweede hemel is, dat tot de geestelijke wereld behoort.

De tweede hemel is ook de plaats voor de boze geesten die na de rebellie van Lucifer uit de derde hemel verdreven waren. Genesis 3:24 zegt, *"En Hij verdreef de mens en Hij stelde ten oosten van de hof van Eden de cherubs met een flikkerend zwaard, dat zich heen en weer wendde, om de weg tot de boom des levens te bewaken."* God deed dit om te voorkomen dat de boze geesten het eeuwige leven zouden krijgen door de Hof van Eden binnen te gaan en van de boom des levens te eten.

Poorten naar de Hof van Eden

Zo zou je niet begrijpen dat de tweede hemel boven de eerste hemel is, en de derde hemel boven de tweede hemel. Je kan de ruimte van de vier dimensionale wereld niet begrijpen zonder kennis van de drie dimensionale wereld. Hoe zijn dan vele hemelen opgebouwd? De drie dimensionale wereld die je ziet en de geestelijke hemelen lijken gescheiden te zijn maar tegelijker tijd overlappen ze elkaar en zijn verbonden. Er zijn poorten die de drie dimensionale wereld en de geestelijke wereld verbinden.

Dus je kan ze niet zien, poorten verbinden de eerste hemel met de Hof van Eden in de tweede hemel. Er zijn ook de poorten die naar de derde hemel voeren. Deze poorten zijn niet erg hoog geplaatst, maar gewoonlijk ongeveer op de hoogte van de wolken die je van uit een vliegtuig kan zien.

In de Bijbel kan je je voorstellen dat er poorten zijn die naar de hemel gaan (Genesis 7:11; 2 Koningen 2:11; Lukas 9:28-36; Handelingen 1:9; 7:56). Dus als de poort naar de hemel open gaat is het mogelijk naar verschillende hemelen te gaan in de geestelijke wereld en zij die door geloof gered zijn kunnen naar de derde hemel gaan.

Het is hetzelfde met Hades en de hel. Deze plaatsen behoren ook in de geestelijke wereld en er zijn poorten die ook naar deze plaatsen leiden. Dus als mensen zonder geloof dood gaan, gaan ze naar beneden naar Hades, wat tot de hel behoort, of direct naar de hel door deze poorten.

De geestelijke en natuurlijke omvang bestaan

De Hof van Eden, die tot de tweede hemel behoort, is een geestelijke wereld maar het is verschillend met de geestelijke wereld van de derde hemel. Het is niet een geheel geestelijke wereld omdat het samen kan bestaan met de natuurlijke wereld

Met andere woorden, de Hof van Eden is een tussenplaats tussen de natuurlijke wereld en de geestelijke wereld. De eerste mens Adam was een levende geest, maar hij had al een natuurlijk lichaam van stof. Dus Adam en Eva waren vruchtbaar en vergrootte hun aantal, door geboorte te geven aan kinderen zoals wij doen (Genesis 3:16).

Zelfs toen de eerste mens Adam at van de boom van kennis van goed en kwaad en verjaagd werd naar deze wereld, leven zijn kinderen, die in de Hof van Eden bleven tot op de dag van vandaag, nog als levende geesten, die de dood niet ervaren. De Hof van Eden is een heel vredevolle plaats waar de dood niet is. Het wordt bestuurd door Gods kracht en beheerst onder de regels die God gemaakt heeft. Er is zelfs geen onderscheid tussen dag en nacht. Adams afstammelingen weten natuurlijk de tijd om actief te zijn, de tijd om te rusten, enzovoort.

Dus de Hof van Eden heeft veel kenmerken die overeen komen met deze aarde. Het is vol met vele planten, dieren, en insecten. Het heeft ook een -eindeloze en mooie natuur. Vooralsnog heeft het geen hoge bergen maar slechts lage heuvels.

De Hemel I

Op deze heuvels zijn gebouwen die op huizen lijken, maar de mensen rusten slechts en leven niet in deze gebouwen.

Vakantie plaats van Adam en zijn kinderen

De eerste mens Adam leefde een lange tijd in de Hof van Eden, was vruchtbaar en nam toe in aantal. Omdat Adam en zijn kinderen levende geesten waren, konden zij vrij naar beneden komen, naar de aarde door de poorten van de tweede hemel.

Omdat Adam en zijn kinderen de aarde bezochten als hun vakantie plaats, gedurende lange tijd, moet je bedenken dat de geschiedenis van de mensheid al heel oud is. Sommige verwarren deze geschiedenis met de zesduizend jaar oude geschiedenis van de menselijke beschaving en geloven niet in de Bijbel.

Als je goed naar de oude beschaving van de mensheid kijkt, echter, realiseer je je dat Adam en zijn kinderen omlaag naar de aarde konden komen. De piramides en de sfinx van Giza, Egypte, bijvoorbeeld, zijn de voetafdrukken van Adam en zijn kinderen die in de Hof van Eden woonden. Zulke voetafdrukken, die over de gehele wereld gevonden worden, zijn gemaakt met veel meer verdraaide en gevorderde wetenschap en technologie, welke je met de moderne wetenschappelijke kennis van tegenwoordig niet kan namaken.

De voetafdrukken van de beschaving van Eden

Adam had in de Hof van Eden een ongelooflijke hoeveelheid aan kennis en bekwaamheid. Dit was het gevolg van hetgene God Adam leerde, de zuivere kennis, en deze kennis en begrip werden opgeslagen en ontwikkeld gedurende die hele tijd. Dus wat Adam betreft die alles over de wereld en ontstaan van de aarde wist, was het nooit moeilijk om Pyramides en Sfinksen te bouwen. Omdat God Adam rechtsstreeks ondewezen had, wist de eerste mens de dingen die jij nog niet weet of kan bevatten met de moderne wetenschap.

Sommige Pyramides werden gebouwd door Adams vaardigheden en kennis, maar andere werden gebouwd door zijn kinderen, en nog andere werden gebouwd door de mensen op deze aarde die probeerden Adams pyramides na lange tijd na te maken. Al deze pyramides hebben duidelijke technische verschillen. Dat komt omdat alleen Adam de van God gekregen autoriteit had om alle schepping te onderwerpen.

Adam leefde gedurende lange tijd in de Hof van Eden, en kwam af en toe naar deze aarde, maar werd uit de Hof van Eden gejaagd na de zonde van ongehoorzaamheid. God echter sloot de poorten die de aarde met de Hof van Eden verbond daarna voorlopig niet.

Daarom komen de kinderen van Adam, die nog steeds in de Hof van Eden leven vrij naar de aarde, en toen ze vaker kwamen, namen ze de dochters van de mensen als hun vrouwen (Genesis 6:1-4).

Toen sloot God de poorten in de lucht die de aarde met de Hof van Eden verbonden. Maar het reizen hield niet helemaal op, maar het kwam onder een sterke controle zoals nooit tevoren. Je moet je realiseren dat de meeste van de geheimzinnige en onopgeloste oude beschavingen voetsporen zijn van Adam en zijn kinderen, achtergelaten in de tijd dat ze vrij naar deze aarde konden komen.

Geschiedenis van de mens en dinosaurussen op aarde

Waarom dan is het dat de dinosaurus op aarde leefde en plotseling was uitgestorven? Dit is ook één van de meest belangrijke aanwijzingen die ons vertelt hoe oud de menselijke geschiedenis eigenlijk is. Het is een geheim dat eigenlijk alleen opgelost kan worden met de bijbel.

God had de dinosaurussen eigenlijk in de Hof van Eden geplaatst. Ze waren zacht, maar werden verdreven naar de aarde omdat ze in de strik van satan vielen in de tijd dat Adam vrij heen en weer kon reizen tussen deze aarde en de Hof van Eden. Dinosaurussen die gedwongen waren op aarde te leven moesten steeds naar voedsel zoeken. Tegenover de tijd dat ze in de Hof van Eden leefden, waar alles in overvloed was, kon deze aarde niet voldoende voortbrengen om de dinosaurussen met hun grote lichamen te voeden. Ze aten het fruit, graan, en planten op en begonnen dieren te eten. Ze waren bezig het milieu te vernietigen en de voedselketen. God besliste uiteindelijk dat Hij de dinosaurussen niet langer op deze aarde kon houden en roeide ze uiteindelijk uit met vuur van boven.

Tegenwoordig debatteren vele leerlingen erover dat dinosaurussen gedurende lange tijd op deze aarde leefden. Ze zeggen dat dinosaurussen gedurende meer dan honderd zestig miljoen jaren leefden. Echter geen van de aanspraken verklaren tenvolle hoe zoveel dinosaurussen er plotseling waren en zo plotseling uitstierven. Dus als zulke grote dinosaurussen zich zo'n lange tijd hadden kunnen ontwikkelen, wat zouden ze dan allemaal opgegeten hebben om in leven te blijven?

Overeenkomstig de evolutie theorie zouden er, voor er zoveel van deze dinosaurussen kwamen, veel meer eenvoudigere dieren moeten hebben geleefd, maar daar is geen enkel bewijs van. Over het algemeen is het om zo'n dieren familie uit te roeien, dat het aantal afneemt gedurende bepaalde tijd en geheel verdwijnt. De dinosaurussen echter verdwenen plotseling.

Leerlingen debatteren er over dat dit het gevolg is van plotselinge weersveranderingen, virussen, straling veroorzaakt door de explosie van een ster, of de botsing van een grote meteoriet met de aarde. Maar als zo'n verandering zo catastrofaal genoeg was om alle dinosaurussen uit te roeien, dan zouden ook alle andere dieren en planten uitgeroeid zijn. Andere planten, vogels, of zoogdieren echter leven heden ten dage nog, dus de werkelijkheid ondersteunt deze theorie van evolutie niet.

Zelfs voor de dinosaurussen op deze aarde verschenen, leefden Adam en Eva in de Hof van Eden en kwamen af en toe naar de aarde. Je moet je wel realiseren dat de geschiedenis van de aarde al heel oud is.

De schoonheid van de Hof van Eden

Je ligt gemakkelijk op je zijde, op een vlakte, vol met frisse bomen en bloemen, in het licht dat zachtjes je hele lichaam omgeeft, kijkende naar de blauwe lucht waar zuiver witte wolken voorbij drijven en allerlei verschillende vormen van wolken maken.

Een meer is een prachtig lichtend voorbeeld onder aan de helling, en een zachte bries vol van bloemengeur. Je kan verrukkelijke gesprekken hebben met degenen die je liefhebt. Soms kan je nederliggen op een grote weide of op een bed van

bloemen en de zachte aanraking voelen van de bloemen. Je kan ook in de schaduw van een boom liggen welke lekkere grote vruchten draagt, en net zoveel fruit eten als je wil.
In het meer en de zee zijn vele kleurrijke vissen. Als je dat wil kan je naar het nabije strand gaan en van de verfrissende golven genieten of van het witte zand dat schijnt in de zon. Of als je dat wil kan je zwemmen als een vis.
Mooie herten, konijnen,of eekhoorns met prachtige glimmende ogen komen naar je toe en doen grappige dingen. In het grote plan spelen de dieren vredevol met elkaar.
Dit is de Hof van Eden, waar volheid is van kalmte, rust en vrede. Vele mensen in deze wereld zouden waarschijnlijk graag hun drukke leven verlaten en dit soort van vrede en rust willen hebben al is het maar voor één keer.

Overvloedig leven in de Hof van Eden

De mensen in de Hof van Eden konden eten en zich verheugen zoveel ze wilden, zelfs al werkten ze er niet voor. Er zijn geen zorgen, of angsten en het is alleen vol van vreugde en vrede. Omdat alles geleid wordt door de regels, en orde van God, verheugen de mensen zich daar hun eeuwige leven terwijl zij er in het geheel niet voor gewerkt hebben.
In de Hof van Eden, welke een zelfde soort milieu heeft als deze aarde, bestaan de meeste kenmerken er ook. Omdat ze niet besmet waren, of veranderd van de tijd dat ze geschapen werden, behielden ze hun heldere en mooie natuur ondanks hun tegenhanger op deze aarde.
Alhoewel de mensen in de Hof van Eden gewoonlijk geen

kleren droegen, voelden zij zich niet beschaamd en waren niet overspelig omdat ze geen zondige natuur hadden en geen kwaad in hun hart hadden. Het is als een pasgeboren baby die naakt speelt, geheel onbevangen en onverschillig wat anderen er van denken.

Het milieu van de Hof van Eden is geschikt voor de mensen zelfs al dragen ze geen kleren, dus ze voelen zich niet ongemakkelijk als ze naakt zijn. Hoe goed is dat omdat er niets is zoals slechte insecten of doorns die hun huid schaden!

Sommige mensen dragen kleren. Ze zijn leiders van bepaalde groepen. Er zijn regels en er is ook orde in de Hof van Eden. In een groep is een leider en de leden gehoorzamen en volgen hem. Deze leiders dragen kleren, om zich slechts van de anderen te onderscheiden om hun positie te tonen, niet om zich te bedekken, te beschermen, of om zich te sieren.

Genesis 3:8 geeft een verandering van temperatuur aan in de Hof van Eden: *"Toen zij het geluid van de HERE God hoorden, die in de hof wandelde in de avondkoelte, verborgen de mens en zijn vrouw zich voor de HERE God tussen het geboomte in de hof."* Je moet er aan denken dat de mensen koele gevoelens hadden in de Hof van Eden. Dus je moet niet denken dat ze zweten op een hete dag of rillen op een koude dag op deze aarde.

De Hof van Eden heeft altijd de beste temperatuur, vochtigheid, en wind, zodat er geen ongemak is van weersveranderingen.

Ook heeft de Hof van Eden geen dag of nacht. Het is altijd omringt met het licht van God, de Vader en het lijkt altijd op overdag. Mensen hebben tijd om te rusten en ze onderscheiden tijd om aktief te zijn, van de tijd om te rusten door het verschil in temperatuur.

Deze verandering in temperatuur echter, wil niet zeggen dat

het grote verschillen geeft zodat mensen zich warm of koud voelen. Maar het doet ze zich goed voelen doordat ze een zachte bries voelen.

2. Mensen zijn gekoesterd op aarde

De Hof van Eden is zo groot dat je zelfs de afmetingen niet kan voorstellen. Het is ongeveer een miljard maal groter dan de aarde. De eerste hemel, waar de mensen maar zeventig of tachtig jaar worden, lijkt eindeloos, omdat het zich uitstrekt van ons zonnestelsel naar de melkweg. Hoeveel te groter zou de Hof van Eden dan wel niet zijn, waar het aantal mensen toeneemt zonder de dood te zien, dan de eerste hemel?

Tegelijker tijd, hoe mooi en groot en overweldigend de Hof van Eden ook is, het kan nooit vergeleken worden met welke plaats in de hemel. Zelfs het Paradijs, wat de wachtkamer van de hemel is, is een mooiere en prettigere plaats. Het eeuwige leven in de Hof van Eden is een heel verschillende plaats van het eeuwige leven in de hemel.

Daarom door Gods plan te zien en een aantal stappen toen Adam uit de Hof van Eden gejaagd werd en op deze aarde groeide, kun je zien hoe verschillend de Hof van Eden is met de wachtkamer van de hemel.

De boom van kennis van goed en kwaad in de Hof van Eden

De eerste mens Adam kon eten wat hij wilde, alle schepselen

aan zich onderwerpen en eeuwig leven in de Hof van Eden. Als je nu Genesis 2:16-17 leest, gebiedt God de mens, *"En de HERE God legde de mens het gebod op: Van alle bomen in de hof moogt gij vrij eten, maar van de boom der kennis van goed en kwaad, daarvan zult gij niet eten, want ten dage, dat gij daarvan eet, zult gij voorzeker sterven."* Ook al had God Adam een geweldige autoriteit gegeven om alle schepselen en de vrije wil te onderwerpen, verbood Hij Adam om van de boom van de kennis van goed en kwaad te eten. In de Hof van Eden zijn vele soorten kleurrijke, mooie en lekkere vruchten die niet vergeleken kunnen worden met die hier op aarde. God gaf alle vruchten onder het beheer van Adam, zodat hij er net zoveel van kon eten als hij wilde.

De vruchten van de boom van kennis van goed en kwaad was echter een uitzondering. Hierdoor, moet je realiseren dat God echter al wist dat Adam van de boom van kennis van goed en kwaad zou eten, als God met opzet Adam wilde testen door de boom van de kennis van goed en kwaad te plaatsen, en wist dat Adam het zou doen, zou Hij het Adam niet zo duidelijk gezegd hebben. Zo zie je dat God niet met opzet de boom van kennis van goed en kwaad geplaatst had, om Adam er van te laten eten of om hem te testen.

Zoals geschreven staat in Jakobus 1:13, *"Laat niemand, als hij verzocht wordt, zeggen: Ik word van Godswege verzocht. Want God kan door het kwade niet verzocht worden en Hijzelf brengt ook niemand in verzoeking."*

God Zelf test niemand. Maar waarom plaatste God de boom van kennis van goed en kwaad in de Hof van Eden?

Als je je vreugdevol, blij, en gelukkig kan voelen, komt dat omdat het tegenovergestelde van droefheid, pijn, en angst voelt. Op dezelfde manier, als je weet dat goedheid, waarheid, en licht goed zijn, komt dat omdat je het ervaren hebt en weet dat boosheid, onwaarheid, en duisternis slecht zijn.

Als je deze relativiteit niet ervaren hebt, kan je in je hart niet voelen hoe goed liefde, goedheid, en vreugde zijn, zelfs als je in je hoofd weet en het er moeilijk mee hebt.

Bijvoorbeeld, kan iemand die nog nooit ziek is geweest, of iemand gezien heeft die ziek was, de pijn kennen van ziekte? Deze mens zou niet kunnen voelen dat het "goed" is om gezond te zijn. Ook als iemand nooit in nood geweest is, en ook niet iemand kent die in nood was, wat weet hij dan van armoede? Deze persoon zal niet voelen dat het "goed" is om rijk te zijn, hoe rijk hij ook is. Evenzo, als iemand geen armoede heeft gekend, kan hij ook geen ware dankbaarheid hebben diep in zijn hart.

Als iemand de waarde van goede dingen die hij heeft niet kent, dan kent hij ook de waarde van vreugde die hij heeft niet. Als iemand echter de pijn van lijden en verdriet van armoede ervaren heeft, kan hij heel dankbaar zijn van binnen. Dat is de reden waarom God de boom van kennis van goed en kwaad moest planten.

Daardoor ervoeren Adam en Eva, die uit de Hof van Eden verjaagd waren, deze betrekkelijkheid en beseften de liefde en de zegen die God hen gegeven had. Zo konden ze slechts echte kinderen van God worden die de waarde van geluk en leven kenden.

God leidde Adam echter niet expres op die weg. Adam koos er voor om ongehoorzaam te zijn aan Gods gebod met zijn vrije wil. In Zijn eigen liefde en gerechtigheid, God had de menselijke cultuur gepland.

Gods voorzienigheid voor de mensheid

Toen de mensen van de Hof van Eden verjaagd werden en zich op deze aarde begonnen te ontwikkelen, moesten ze allerlei soorten lijden doorstaan zoals, tranen, zorgen, pijn, ziekten, en de dood. Maar het leidde hen ertoe de ware liefde te voelen en de vreugde van een eeuwig leven in de hemel, tot hun grote dankbaarheid.

Daarom is het om ons tot Zijn ware kinderen te maken door deze menselijke beschaving, een voorbeeld van Gods wonderbaarlijke liefde en doel. Ouders denken er niet aan dat het verspilde tijd is om hun kinderen te trainen en soms te straffen als het een verschil kan maken om te zorgen dat hun kinderen succes hebben. Dus, als de kinderen geloven in de glorie die zij zullen ontvangen in de toekomst, zullen ze geduldig zijn en de moeilijke situaties en opstakels overwinnen.

Op de zelfde manier, als je denkt aan de ware vreugde die je zal hebben in de hemel, door op de aarde op te groeien is niet iets moeilijks, of pijnlijks. Je zou dankbaar moeten zijn, om overeenkomstig aan Gods woord te leven, om de hoop die er is om later te ontvangen.

Dus wie zouden God dankbaarder zijn – zij die waarlijk dankbaar zijn aan God na de harde ervaringen op deze aarde, of de mensen in de Hof van Eden die niet echt waarderen dat ze in zo'n mooie en overvloedige omgeving leven?

God verzorgt Adam, die uit de Hof van Eden is gejaagd, en verzorgd zijn afstammelingen op deze aarde om het Zijn echte kinderen te maken. Als deze verzorging voorbij is en de huizen in de hemel klaar zijn, zal de Here terug komen. Als je in de hemel leeft zal je een eeuwige vreugde hebben omdat zelfs het laagste niveau van de hemel niet vergeleken kan worden met de schoonheid van de Hof van Eden.

Daarom moet je bedenken dat Gods voorzienigheid er is in de menselijke beschaving en er naar streeft om Zijn ware kinderen te worden die handelen overeenkomstig Zijn woord.

3. De wachtkamer van de hemel

De afstammelingen van Adam, die ongehoorzaam waren aan God, zijn voorbestemd om eens te sterven en daarna het Grote Oordeel te ondergaan (Hebreeën 9:27). Omdat menselijke geesten onsterfelijk zijn, moeten ze naar de hemel of de hel gaan.

Ze gaan echter niet meteen naar de hemel of de hel, maar blijven in de wachtkamer in de hemel of de hel. Maar wat voor een plaats is die wachtkamer in de hemel waar de kinderen van God zijn?

Iemands geest verlaat zijn lichaam aan het einde

Als iemand sterft, verlaat de geest het lichaam. Na de dood, zal iedereen die zijn wil niet gekend heeft, erg verbaasd zijn als hij of zij dezelfde persoon ziet neder liggen. Zelfs als hij een gelovige is, hoe vreemd zal het zijn meteen nadat zijn geest zijn lichaam verlaat?

Als je naar de vier dimensionale wereld gaat van uit de drie dimensionale wereld waarin je nu leeft, is alles heel anders. Het lichaam voelt heel licht en je voelt alsof je gaat vliegen. Toch kan je geen onbeperkte vrijheid hebben nadat de geest uit je lichaam is gekomen.

Net zoals kleine vogeltjes niet meteen kunnen vliegen, zelfs al zijn ze geboren met vleugels, zul jezelf moeten leren wennen in de geestelijke wereld, en de beginselen leren.

Dus zij die sterven met geloof in Jezus Christus worden begeleid door twee engelen en gaan naar het Boven Graf. Daar leren ze over het leven in de hemel van de engelen en profeten.

Als je de bijbel leest, zul je zien dat er twee soorten graven zijn. Voorvaders van geloof, zoals Jakob en Job zeggen dat ze naar het graf gaan als ze sterven (Genesis 37:35; Job 7:9). Korach en zijn groep die zich tegen Mozes, een man van God, verzetten vielen levend in het graf (Numeri 16:33).

Lukas 16 laat een beeld zien, van een rijke man en een bedelaar genaamd Lazarus die naar het graf gingen na hun dood, en je ziet dat ze niet in hetzelfde graf waren. De rijke man leed heel erg in het vuur, terwijl Lazarus ver weg op Abrahams zijde rustte.

Dus er is een graf voor hen die gered zijn, evenals dat er een ander graf is voor hen die niet gered zijn. Het graf van Korach en zijn mensen, en de rijke man eindigden in Hades, dat bij de hel behoort, maar het graf waarin Lazarus eindigde is het boven graf dat bij de hemel behoort.

3-daags verblijf in het boven graf

In de tijd van het Oude Testament, wachtten zij die gered

De Hemel I

waren in het boven graf. Sinds Abraham, de vader des geloofs, de leider was in het boven graf, is de bedelaar Lazarus aan de zijde van Abraham in Lukas 16. Echter nadat de Here opgestaan is en naar de hemel is gegaan, zij die gered zijn gaan niet meer naar het boven graf, naar de zijde van Abraham. Zij blijven drie dagen in het boven graf en gaan dan ergens in het paradijs. Dat is waar ze zullen zijn met de Here in de wachtkamer van de hemel.

Zoals Jezus zegt na zijn opstanding en hemelvaart in Johannes 14:2 *"In het huis mijns Vaders zijn vele woningen – anders zou Ik het u gezegd hebben – want Ik ga heen om u plaats te bereiden;"* dat de Here een plaats bereid heeft voor ieder van Zijn gelovigen. Dus sinds de Here begonnen is met het voorbereiden van plaatsen voor Gods kinderen, moeten zij die gered zijn, in de wachtkamer van de hemel blijven, ergens in het paradijs.

Velen zullen zich verwonderd afvragen hoe zoveel geredde mensen sinds de schepping in het paradijs kunnen leven. Maar er is niets om je zorgen over te maken, zelfs het sterrenstelsel waartoe deze aarde behoord, is slechts een vlek in de Melkweg. Hoe groot is het Melkweg dan wel niet? Vergeleken bij het hele universum, is de Melkweg slechts een vlek. Hoe groot is dan wel niet het universum?

Bovendien, is dit universum er één van vele, dus het is onmogelijk om de afmetingen van het hele universum te bevatten. Als deze stoffelijke wereld zo groot is, hoeveel te groter is dan de geestelijke wereld?

De wachtkamer van de Hemel

Wat voor een soort wachtkamer van de hemel is het waar

zij die gered zijn wachten nadat zij drie dagen in het bovengraf hebben doorgebracht om zich aan te passen? Als ze zo'n mooie omgeving zien, zeggen ze, "Dit is het paradijs op aarde." Of "Het lijkt op de hof van Eden!" De Hof van Eden echter kan niet vergeleken worden met welke schoonheid dan ook op deze wereld. Mensen in de Hof van Eden leven zo mooi, alsof het een droom van geluk, vrede en vreugde is. En toch, het ziet er alleen maar goed uit voor de mensen op deze aarde. Als je naar de hemel gaat, zul je direct die gedachte wegsturen.

Net zoals de Hof van Eden niet vergeleken kan worden met deze aarde, kan de hemel niet vergeleken worden met de Hof van Eden. Er is een fundamenteel verschil tussen de vreugde in de Hof van Eden die tot de tweede hemel hoort, en de vreugde in de wachtkamer van het paradijs in de derde hemel. Dat komt omdat de mensen in de Hof van Eden niet echt Gods ware kinderen zijn, wiens harten nog niet ontwikkeld zijn.

Laat mij een voorbeeld geven om je dit beter te laten begrijpen. Voor er elektriciteit was, gebruikten de Koreaanse voorvaders olielampen. Deze lampen waren zo donker vergeleken bij de hedendaagse elektrische lampen, maar het was kostbaar als er 's nachts geen licht was. Nadat de mensen elektriciteit ontwikkelt hadden en het leerden gebruiken, ontstond er elektrisch licht. Voor hen die alleen olielampen gebruikt hadden, was elektrische licht zo verbazingwekkend, en ze waren bevangen door zijn helderheid.

Als je zegt dat deze aarde geheel met duisternis gevuld is zonder enig licht, dan kan je zeggen, dat ze in de Hof van Eden olielampen hadden, en dat de hemel een plaats is van elektrisch licht. Zoals olielampen en elektrisch licht, geheel verschillend zijn, is het toch licht, de wachtkamer van de hemel is geheel verschillend met de Hof van Eden.

De wachtkamer bevind zich op de grens van het Paradijs

De wachtkamer van de hemel bevind zich op de grens van het Paradijs. Het Paradijs is de plaats voor hen die het minste geloof hebben, en ook het verste van de troon van God zijn. Het is een hele grote plaats.

Degene die wachten aan de grens van het Paradijs leren geestelijke kennis van de profeten. Ze leren over God, de Drie-eenheid, de hemel, de wetten van de geestelijke wereld, enzo... De mate van deze kennis is grenzeloos, dus er is geen einde om te leren. En toch, is het leren van geestelijke dingen nooit vervelend of moeilijk, in tegenstelling tot sommige studies hier op aarde. Hoe meer je leert, hoe meer verbaasd en wijs je wordt, dus het is vol van genade.

Zelfs op deze aarde, kunnen zij die een rein en zachtmoedig hart hebben, communiceren met God en geestelijke kennis verwerven. Sommige van deze mensen zien de geestelijke wereld omdat hun geestelijke ogen open zijn. Dus sommige mensen kunnen geestelijke dingen begrijpen door de inspiratie van de Heilige Geest. Ze kunnen leren over geloof of de wetten van ontvangen van antwoord op gebed, zodat zelfs in deze natuurlijke wereld, zij Gods kracht kunnen ervaren die bij de Geest hoort.

Je kan leren over geestelijke zaken en deze dingen ervaren

in deze natuurlijke wereld, en je zal energievoller en gelukkiger worden. Hoeveel te meer vreugdevol en gelukkig zou je kunnen worden als je geestelijke dingen leert in de diepte van de wachtkamer van de hemel!

Het nieuws van deze wereld horen

Wat voor soort leven ervaren de mensen in de wachtkamer van de hemel? Ze ervaren ware vrede en wachten erop om naar hun eeuwige huis in de hemel te gaan. Ze hebben nergens gebrek aan en verheugen zich in vreugde en genoegen. Ze verkwisten hun tijd niet zomaar, maar gaan voort om te leren van de engelen en de profeten.

Onder hen, zijn er benoemde leiders en ze leven oprecht. Het is hen verboden om naar deze aarde te komen, dus ze zijn altijd nieuwsgierig naar wat er hier gebeurd. Ze zijn niet nieuwsgierig naar wereldse dingen, maar nieuwsgierig naar de dingen van Gods koninkrijk, zoals "Hoe gaat met de kerk waar ik gediend heb? Hoeveel van de plicht heeft de kerk volbracht? Hoe gaat het met de wereldzending?"

Dus ze zijn erg verblijd als ze het nieuws horen over deze wereld door de engelen die naar deze aarde kunnen komen, of de profeten in het Nieuwe Jeruzalem.

God openbaarde mij eens over enkele leden van mijn gemeente, die momenteel in de wachtkamer van de hemel zijn. Ze bidden op verschillende plaatsen en wachten om het nieuws te horen over mijn gemeente. Ze zijn vooral geïnteresseerd in de opdracht die aan mijn gemeente gegeven is, dat is wereldzending en de bouw van het grote heiligdom. Ze zijn iedere keer heel erg blij als ze goed nieuws horen. Dus als ze het nieuws horen over de verheerlijking van God door onze buitenlandse campagnes, worden ze opgewonden en tevreden zodat ze voort gaan met feest te hebben.

Op dezelfde manier, hebben de mensen in de wachtkamer van de hemel een gelukkige en verrukkelijke tijd, wanneer ze soms het nieuws horen over deze aarde.

Stipte voorschriften in de wachtkamer van de hemel

Mensen met verschillende niveaus van geloof, die op verschillende plaatsen van de hemel binnenkomen, na de dag van het oordeel, blijven allemaal in de wachtkamer van de hemel, maar de voorschriften moeten nauwkeurig gevolgd worden. Mensen die minder geloof hebben zullen hun respect tonen naar hen met groter geloof door hun hoofd te buigen. De geestelijke voorschriften worden niet bepaald door de positie in deze wereld, maar door de mate van hun heiligheid en getrouwheid in hun door God-gegeven plichten.

Op deze manier worden voorschriften stipt gehouden omdat de God van gerechtigheid regeert over de hemel. Sinds de voorschriften gebasseerd zijn op de helderheid van het licht, de mate van goedheid, en de belangrijkheid van liefde van elke gelovige, kan niemand klagen. In de hemel, gehoorzaamt iedereen de geestelijke voorschriften omdat er geen kwaad in de gedachten is van degene die gered zijn.

Echter deze voorschriften en verschillende soorten glorie zijn niet bedoeld om gedwongen gehoorzaamheid te brengen. Het komt enkel door de liefde en respect van oprechte en ware harten. Daarom respecteren zij allen die verder zijn in hun hart en tonen zij respect door het buigen van hun hoofd, in de wachtkamer van de hemel, omdat ze natuurlijk het geestelijke verschil voelen.

4. Mensen blijven niet in de wachtkamer

Alle mensen, die na de Dag van het oordeel naar verschillende plaatsen in de hemel zullen gaan, blijven voorlopig aan de grens van het paradijs, de wachtkamer van de hemel. Er zijn echter enkele uitzonderingen. Zij die naar het Nieuwe Jeruzalem gaan, de meest mooie plaats in de hemel, gaan direct naar het Nieuwe Jeruzalem en helpen met Gods werk. Dit soort mensen, die het hart van God hebben dat zo helder en mooi is als kristal leven in Gods speciale liefde en zorg.

Zij helpen met Gods werk in het Nieuwe Jeruzalem

Waar zouden onze voorvaderen van geloof, geheiligd en getrouw in Gods gehele huis, zoals Elia, Enoch, Abraham, Mozes en de Apostel Paulus, nu verblijven? Zijn ze aan de grens van het paradijs, de wachtkamer van de hemel? Neen. Omdat deze mensen volledig geheiligd zijn en Gods hart volledig evenaren, zijn zij al in het Nieuwe Jeruzalem. En toch, omdat het oordeel nog niet heeft plaats gevonden, kunnen zij nog niet naar hun toekomstige eeuwige huis gaan.

Waar verblijven zij dan in het Nieuwe Jeruzalem? In het Nieuwe Jeruzalem, dat 24 kilometer lang, breed en hoog is, zijn er een paar geestelijke ruimtes van verschillende afmetingen. Er is een plaats van Gods troon, sommige plaatsen waar huizen gebouwd zullen worden, en andere plaatsen waar onze voorvaders van geloof, het Nieuwe Jeruzalem al binnengekomen zijn om het werk met de Here te doen.

Onze voorvaders van geloof die al in het Nieuwe Jeruzalem zijn, zien uit naar de dag dat ze naar hun eeuwige plaats kunnen gaan, terwijl ze helpen met Gods werk, terwijl de Here onze plaatsen voorbereid. Ze zien er erg naar uit om hun eeuwige huis binnen te gaan, omdat ze slechts binnen kunnen gaan, na de tweede komst van Jezus Christus in de lucht, het zevenjarige bruilofsmaal, en het Duizendjarige Rijk op deze aarde.

De Apostel Paulus, die vol verlangen was naar de hemel, beleed het volgende in 2 Timoteüs 4:7-8.

"Ik heb de goede strijd gestreden, ik heb mijn loop ten einde gebracht, ik heb het geloof behouden; voorts ligt voor mij gereed de krans der rechtvaardigheid, welke te dien dage de Here, de rechtvaardige rechter, mij zal geven, doch niet alleen mij, maar ook allen, die zijn verschijning hebben liefgehad."

Degene die de goede strijd strijden en de wederkomst van de Here verwachten, hebben een vaste hoop voor de plaats en de beloningen in de hemel. Dit soort geloof en hoop kan toenemen als je meer weet over de geestelijke ruimte, en dat is de reden waarom ik de hemel tot in detail uitleg.

De Hof van Eden in de Tweede Hemel of de wachtkamer in de Derde Hemel is nog mooier dan deze wereld, maar zelfs deze plaatsen kunnen niet vergeleken worden met de glorie en de schoonheid van het Nieuwe Jeruzalem, waar Gods troon is.

Daarom bid ik, in de naam van de Here, dat je niet alleen naar het Nieuwe Jeruzalem zal rennen met dat soort geloof en hoop van de apostel Paulus, maar ook vele zielen zal leiden op de weg van redding door het evangelie te verspreiden, zelfs al vraagt die taak je leven.

Hoofdstuk 3

Het zevenjarige bruilofsmaal

1. Jezus wederkomst en het Zevenjarige bruiloftsmaal
2. Het duizendjarige rijk
3. De hemel beloond na de dag des oordeels

*Zalig en heilig is hij,
die deel heeft aan de eerste opstanding:
over hen heeft de tweede dood geen macht,
maar zij zullen priesters van God en
van Christus zijn en zij zullen met Hem als
koningen heersen, die duizend jaren.*

- Openbaring 20:6 -

Voordat je jou beloning ontvangt en een eeuwig leven begint in de hemel, ga je door het Oordeel van de Witte troon. Voor de dag van het grote oordeel, zal de Tweede Komst van Here in de lucht plaatsvinden, het zevenjarige bruilofsmaal, de wederkomst van de Here op de aarde en het duizendjarige rijk.

Dit alles heeft de Here bereid voor Zijn geliefde kinderen, die hun geloof behouden hebben op deze aarde, en om hen toe te staan om de smaak van de hemel te proeven.

Daarom zullen degene die geloven in de tweede komst van de Here en hopen om Hem te ontmoeten, die onze Bruidegom is en uitzien naar het zevenjarige bruilofsmaal en het Duizendjarige Rijk. Het woord van God wat opgeschreven staat in de Bijbel is waar en alle profetieeën zullen voortkomen vandaag.

Je zou een wijze gelovige moeten zijn en proberen je best te doen om je zelf voor te bereiden als Zijn bruid, beseffende dat als je niet wakker wordt en niet gaat leven overeenkomstig Gods woord, de dag van de Here zal komen als een dief en je zal vallen in de dood.

Laat ons eens van dichtbij bekijken naar de wonderlijke dingen die de kinderen van God zullen ervaren voordat ze de hemel binnengaan die zo helder en mooi is als kristal.

1. Jezus wederkomst en het zevenjarige bruiloftsmaal

De Apostel Paulus schrijft in Romeinen 10:9, *"Want indien*

gij met uw mond belijdt, dat Jezus Heer is, en met uw hart gelooft, dat God Hem uit de doden heeft opgewekt, zult gij behouden worden." Om redding te verkrijgen, moet je niet alleen Jezus belijden als je Redder, maar ook in je hart geloven dat Hij stierf en opstond uit de dood.

Als je niet gelooft in Jezus opstanding, kan je ook niet geloven in je eigen opstanding op de tweede komst van de Here. Je zal zelfs niet in staat zijn om te geloven in de wederkomst van de Here zelf. Als je niet kan geloven in het bestaan van de hemel en de hel, dan zal je niet de kracht verkrijgen om te leven overeenkomstig Gods woord, en zal je geen redding verkrijgen.

Het uiterste doel van het christelijke leven

1 Korintiërs 15:19 zegt, *"Indien wij alleen voor dit leven, onze hoop op Christus gebouwd hebben, zijn wij de beklagenswaardigste van alle mensen."* De kinderen van God, in tegenstelling tot de ongelovigen in de wereld, komen naar de kerk, bezoeken de samenkomsten, en dienen de Here op vele manieren elke zondag. Om te leven overeenkomstig Gods woord, vasten ze vaak, en bidden ernstig in het heiligdom van God, in de vroege morgen of laat in de nacht, ondanks dat ze soms rust nodig hebben.

Ze zoeken ook niet hun eigen voordelen, maar dienen anderen en offeren zichzelf op voor het koninkrijk van God. Dat is de reden, dat als er geen hemel was, de getrouwen de meest beklagenswaardige mensen zijn. En toch is het zeker dat de Here terugkomt om je naar de hemel te nemen, en Hij heeft een mooie plaats voor jou bereid. Hij zal je belonen overeenkomstig wat je gezaaid en gedaan hebt in deze wereld. Jezus zegt in Matteüs 16:27, *"Want de Zoon des mensen zal komen in de heerlijkheid Zijns Vaders, met Zijn engelen, en dan zal Hij vergelden ieder naar Zijn daden."* Hier betekent "om ieder te vergelden naar zijn daden" niet eenvoudig of je naar de hemel of de hel gaat. Zelfs onder de gelovigen die naar de hemel gaan, worden er verschillende beloningen en glorie gegeven aan hen overeenkomstig hoe ze in deze wereld geleefd hebben.

Sommigen nemen het kwalijk en vrezen om te horen dat de Here spoedig terugkomt. En toch als je werkelijk van de Here houdt en hoopt voor de hemel, is het natuurlijk dat je verlangt en wacht om de Here spoediger te zien. Als je met je mond belijd, "Ik houd van U, Here." Maar een afkeer hebt en zelfs vreest om te horen dat de Here spoedig terug komt, kan er niet gezegd worden dat je echt van de Here houdt.

Daarom zou je de Here, je Bruidegom moeten ontvangen met vreugde door uit te zien naar Zijn tweede komst in je hart en jezelf voor te bereiden als een bruid.

De tweede komst van de Here in de lucht

Er staat geschreven in 1 Tessalonissenzen 4:16-17 *"Want de Here zelf zal op een teken, bij het roepen van een aartsengel en bij het geklank ener bazuin Gods, nederdalen van de hemel, en zij, die in Christus gestorven zijn, zullen het eerst opstaan; daarna zullen wij levenden, die achtergebleven, samen met hen op de wolken in een oogwenk weggevoerd worden, de Here tegemoet in de lucht, en zo zullen wij altijd met de Here wezen."*

Wanneer de Here terugkomt in de lucht, zal ieder kind van God veranderen in een geestelijk lichaam en opgenomen worden in de lucht om de Here te ontvangen. Er zijn sommige mensen die gered zijn en stierven. Hun lichamen zijn begraven, maar hun geesten wachten in het Paradijs. Wij verwijzen naar deze mensen als "slapende in de Here." Hun geesten zullen zich verenigen met hun geestelijk lichamen, die hervormt zullen worden van hun oude, begraven lichamen. Ze zullen gevolgd worden door degene die de Here zullen ontvangen zonder de dood te zien, veranderen in geestelijke lichamen en opgenomen worden in de lucht.

God geeft een bruiloftsmaal in de lucht

Wanneer de Here terugkomt in de lucht, iedereen die gered is vanaf de schepping af zal de Here ontvangen als de Bruidegom. Op dat moment, kondigt God het Zevenjarige bruiloftsmaal aan om Zijn kinderen te troosten die gered zijn door geloof. Ze zullen zeker de beloningen in de hemel ontvangen voor hun daden, later, maar voor nu, geeft God dit bruiloftsmaal in de lucht om al Zijn kinderen te troosten.

Bijvoorbeeld, wanneer een generaal terugkomt met een grote zegeviering, wat zal de koning dan doen? Hij zal de generaal vele soorten beloningen geven voor zijn uitstekende diensten. De koning zal hem misschien een huis geven, land, financiele beloning, en ook een feest om zijn diensten te vergoeden.

Evenzo, geeft God Zijn kinderen de plaats om te verblijven en de beloningen in de hemel, na de Grote dag des Oordeels, maar daarvoor, geeft Hij ook een bruiloftsmaal om Zijn kinderen een goede tijd te geven en hun vreugde te laten delen met elkaar. Ondanks dat alles wat iedereen gedaan heeft in het Koninkrijk van God verschillend is, geeft Hij het bruiloftsmaal, zelfs al voor het feit dat ze gered zijn.

Waar dan is de "lucht" waarin het zevenjarige bruiloftsmaal gehouden zal worden? De "lucht" hier verwijst niet naar de lucht die we kunnen zien met ons blootte oog. Als deze "lucht" alleen maar de lucht was die wij kunnen zien met onze ogen, zouden al degene die gered zijn zwevend in de lucht het bruiloftsmaal hebben. Er moeten ook zoveel mensen zijn, die gered zijn sinds de schepping, dat ze niet allemaal in de lucht van deze aarde kunnen.

Bovendien, het feestmaal zal gepland zijn en zeer goed voorbereid zijn tot in detail, omdat God zelf erin zal voorzien om Zijn kinderen te troosten. Er is een plaats, die God al gedurende een lange tijd heeft voorbereid. Deze plaats is de "lucht" die God bereid heeft voor het zevenjarige bruiloftsmaal, en deze ruimte is de tweede hemel.

"Lucht" behoort tot de tweede hemel

Efeziërs 2:2 spreekt over de tijd *"Waarin gij vroeger gewandeld hebt overeenkomstig de overste van de macht der lucht, van de geest, die thans werkzaam is in de kinderen der ongehoorzaamheid."* Dus, de "lucht" is ook een plaats waar de boze geesten autoriteit hebben.

Hoe dan ook, de plaats waar het zevenjarig bruiloftsmaal zal zijn, en de plaats waar de boze geesten bestaan, zijn niet dezelfde.

De reden van dezelfde uitspraak "lucht" is gebruikt omdat beiden tot de tweede hemel behoren. En toch, is de tweede hemel niet een enkele ruimte, maar het is verdeeld in enkele gebieden. Dus de plaats waar het bruiloftsmaal gehouden zal worden en de plaats waar de boze geesten bestaan zijn gescheiden.

God maakte een nieuwe geestelijke wereld, genoemd de tweede hemel door een deel van de hele geestelijke wereld te nemen. Hij heeft het in twee gebieden gescheiden. Een is Eden, welke het gebied van het licht is, behorende aan God, en het andere gebied is het gebied van de duisternis die God gegeven heeft aan de boze geesten.

God maakte de Hof van Eden, waar Adam kon verblijven totdat de menselijke ontginning begon, in het oosten van Eden. God nam Adam en plaatste hem in de hof. Ook, heeft God het gebied van duisternis gegeven aan de boze geesten en stond hen toe om daar te verblijven. Dit gebied van de duisternis en Eden is strikt gescheiden.

De plaats van het zevenjarige bruiloftsmaal

Waar zal dan het zevenjarige bruiloftsmaal gehouden worden? De Hof van Eden is enkel een deel van Eden, en er zijn nog vele andere ruimtes in Eden. In een van die ruimtes heeft God een ruimte voorzien voor het zevenjarige bruiloftsmaal.

De plaats waar het zevenjarige bruiloftsmaal gehouden zal worden is veel mooier dan de Hof van Eden. Er zijn zulke mooie bloemen en bomen. Lichten van vele kleuren schijnen stralend, en een onuitsprekelijke mooie en zuivere natuur omringt de plaats.

Het is ook zo veelomvattend, omdat allen die gered zijn sinds de schepping, samen het feestmaal zullen hebben. Er is een heel groot kasteel daar, en deze is groot genoeg voor iedereen die uitgenodigd is op het feestmaal. Het feestmaal zal in dit kasteel gehouden worden, en er zullen onuitsprekelijke gelukkige momenten zijn. Nu, zou ik je willen uitnodigen naar het kasteel voor het zevenjarige bruiloftsmaal. Ik hoop dat je de gelukzaligheid kan voelen om een bruid van de Here te zijn, die de eregast is van het feestmaal.

De Here ontmoeten in een stralende en mooie plaats

Wanneer je aankomt in de feesthal, zal je zo'n schitterende kamer vinden, die gevuld is met stralende lichten, die je nog nooit eerder gezien hebt. Je voelt alsof je lichaam lichter is dan veren. Als je zacht land op het groene gras, de dingen die eerst niet zichtbaar waren voor je ogen, vanwege de verschrikkelijke felle lichten, zal je beginnen te zien met je ogen. Je ziet een lucht en een meer zo helder en zuiver als het maar kan, die je ogen verblinden. Dit meer schijnt zoals sieraden hun mooie kleuren uitstralen, iedere keer wanneer het water beweegt.

Alle vier de zijden zijn vol van bloemen en groene bossen, die het gehele gebied omringen. Bloemen bewegen voor-en achteruit, alsof ze naar je zwaaien en je kan zo'n dikke, mooie en zoete geur ruiken, zoals je nooit eerder geroken hebt. Spoedig komen de vogels, van vele kleuren, en ze verwelkomen je met hun gezang. In het meer, welke zo helder is dat je zelfs de dingen op de bodem kan zien, steken ontzagwekkende mooie vissen hun

hoofd naar buiten en verwelkomen je.
Zelfs het gras waarop je staat is zo zacht als katoen. De wind zorgt ervoor dat je kleren zacht fladderen om je heen. Op dat moment, komt er een fel licht in je ogen, en je kan een persoon zien staan in het midden van dat licht.

De Here omarmt je, zeggende, "Mijn bruid, ik houd van je."

Met een vriendelijke glimlach op Zijn gezicht, roept Hij je om naar Hem toe te komen met Zijn armen wijdt open. Wanneer je naar Hem toegaat, wordt Zijn aangezicht zichtbaarder. Je ziet Zijn aangezicht voor de eerste keer, maar je weet heel goed wie Hij is. Hij is de Here Jezus, je Bruidegom, die je liefhebt en waarnaar je al die tijd verlangt hebt om Hem te zien. Op dat moment, binnen tranen over je wangen te rollen. Je kunt niet stoppen met huilen, omdat je de tijden herinnert dat je ontwikkelt werd op de aarde.

Je ziet de Here nu van aangezicht tot aangezicht door wie je kon overwinnen in de wereld, zelfs in de moeilijkste situaties, en toen je vele vervolgingen en beproevingen onderging. De Here komt naar je toe, en omarmt je in Zijn boezem, en zegt je, "Mijn Bruid, ik heb zo gewacht voor deze dag. Ik houd van je."

Wanneer je dit hoort, huil je zelfs nog meer. Dan veegt de Here zacht je tranen weg en houdt je nog dichter vast. Wanneer je in Zijn ogen kijkt, kan je Zijn hart voelen. "Ik weet alles over je. Ik ken al je tranen en pijnen. Er zal alleen maar gelukzaligheid en vreugde zijn."

Hoelang verlang jij al naar dat moment? Wanneer je in Zijn

armen bent, ben je in de uiterste vrede, en vreugde en overvloed omringt je hele lichaam. Nu kan je een zachte, diepe, en mooi geluid van lofprijs horen. Dan houdt de Here je hand vast en leidt je naar de plaats waar de lofprijs vandaan komt.

De bruiloftsmaal hal is vol met kleurrijke lichten

Een ogenblik later, zie je een prachtig, stralend kasteel, dat zo groot en mooi is. Wanneer je voor de poort van het kasteel staat, gaat het zacht open en de stralende lichten komen vanuit het kasteel. Wanneer je het kasteel binnengaat met de Here, alsof je getrokken wordt van het licht binnen, is er zo'n grote zaal dat je het andere einde niet kan zien. De zaal is gedecoreerd met mooie versiersels en voorwerpen, en is vol van kleur en stralende lichten.

Het geluid van lofprijs wordt nu duidelijker, en het gaat zacht door de hele zaal. Uiteindelijke, kondigt de Here het begin van het bruiloftsmaal aan met een galmende stem. Het zevenjarige bruilofsmaal begint, en het voelt alsof de gebeurtenis plaastvind in je droom.

Voel je de gelukzaligheid nu, van dit ogenblik? Natuurlijk kan niet iedereen die aanwezig is op het feestmaal zo als dit bij de Here zijn. Alleen degene die de kwalificaties hebben kunnen Hem van dichtbij volgen en omarmt worden door Hem.

Daarom, zou je jezelf moeten voorbereiden als een bruid en deelnemen in de goddelijke natuur. En ook al kunnen niet alle mensen de hand van de Here vasthouden, toch zullen ze dezelfde vreugde en volheid ervaren.

Genieten van de gelukkige momenten met zingen en dansen

Als het Bruiloftsfeest begint, zing je en dans je met de Here, vierende de naam van God de Vader. Je danst met de Here, praat over de tijden dat je op deze aarde was, of over de hemel waarin je gaat leven.

Je spreekt ook over de liefde van God, de Vader en verheerlijkt Hem. Je kan geweldige gesprekken hebben met de mensen, waarmee je gedurende lange tijd had willen spreken.

Terwijl je geniet van het fruit dat smelt in je mond, en drinkt van het Water des Levens, dat stroomt van de Vaders troon, gaat het feestmaal fijn verder. Je moet hoe dan ook, niet de volledige zeven jaren in het kasteel blijven. Van tijd tot tijd, ga je uit het kasteel en brengt vreugdevolle momenten door.

Wat zijn dan de fijne activiteiten en gebeurtenissen die buiten het kasteel op je wachten? Je kan tijd doorbrengen om te genieten van de mooie natuur, door vrienden te maken met de bossen, bomen, bloemen en vogels. Je kan met andere geliefde mensen wandelen op de straten die gedecoreerd zijn met mooie bloemen, met hen praten of soms de Here prijzen met zingen en dansen. Er zijn ook vele dingen waar je van genieten kan, op grote open plekken. Bijvoorbeeld, mensen kunnen gaan varen op het meer met geliefden, of met de Here zelf. Je kan gaan zwemmen, of genieten van vele soorten vermaak en spelen. Vele dingen die je een onvoorstelbare vreugde en genoegen geven zijn voorzien door Gods zorgvuldige zorg en liefde.

Gedurende het zevenjarige bruiloftsmaal, zal het licht nooit uitgedaan worden. Natuurlijk, is Eden een gebied van licht, er is geen nacht meer daar. In Eden, moet je niet gaan slapen of rust nemen zoals je hier op de aarde doet. Ongeacht hoe lang je geniet, je voelt niet het ritme van de tijd, en je wordt niet moe, in plaats daarvan krijg je nog meer genoegen en meer gelukzaligheid. Dat is de reden waarom je niet het ritme van de tijd voelt, en de zeven jaren gaan voorbij alsof het zeven dagen zijn, of zelfs zeven uur. Ook al zijn er ouders, kinderen, ... die niet opgenomen en lijden, in de Grote Verdrukking, de tijd gaat zo snel voorbij met vreugde en gelukzaligheid, dat je zelfs niet aan hen denkt.

Geef meer dank omdat je gered bent

De mensen van de Hof van Eden en de Bruiloftsgasten kunnen naar elkaar kijken, maar niet bij elkaar komen en gaan. Ook de boze geesten kunnen het Bruiloftsmaal zien en ze kunnen jou ook zien. Natuurlijk, kunnen de boze geesten zelfs niet denken om het plaats van het bruiloft te benaderen, maar je kan ze toch zien. Terwijl de boze geesten, de bruiloft, en het geluk van de gasten zien, lijden ze grote pijn. Het geeft hen een ondraaglijke pijn, dat ze geen persoon meer kunnen nemen vandaar om naar de hel te brengen en de mensen over moeten geven aan God als Zijn kinderen.

In tegenstelling, door naar de boze geesten te kijken, wordt je eraan herinnert hoe ze geprobeerd hebben je te verslinden als een brullende leeuw, toen je ontwikkeld werd op deze aarde.

Dan wordt je nog dankbaarder voor de genade van God de Vader, de Here en de Heilige Geest die je beschermde van de machten van de duisternis en je leidde om een kind van God te worden. En ook, wordt je dankbaarder aan degene die je hielpen om je weg te gaan in het leven.

Dus het zevenjarige bruiloftsmaal is niet alleen een tijd van rust en om getroost te worden van de pijn die je geleden hebt toen je ontwikkeld werd op aarde, maar het is ook een tijd om te herinneren aan de tijden op deze aarde en dankbaarder te zijn voor de liefde van God.

Je denkt ook over het eeuwige leven in de hemel, wat nog aangenamer zal zijn dan het zevenjarige bruiloftsfeest. De gelukzaligheid in de hemel kan niet vergeleken worden met het Zevenjarige bruiloftsmaal.

De zevenjarige Grote verdrukking

Terwijl het gelukkige bruiloftsmaal gehouden wordt in de lucht, vindt de zevenjarige Grote Verdrukking plaats op deze aarde. Mede door de soort en omvang van de Grote Verdrukking die nooit eerder geweest is en nooit meer zal komen, is het meeste van de aarde vernietigd en de meeste mensen die achterblijven sterven.

Natuurlijk, zullen sommige van hen gered zijn, door de zogenaamde, "verdiende redding." Er zullen velen achterblijven op deze aarde, na de tweede komst van de Here, omdat ze helemaal niet geloofden, of niet behoorlijk geloofden. En toch, wanneer ze zich bekeren tijdens de Zeven jaren van grote verdrukking en martelaren worden, kunnen ze gered worden. Dit wordt de "verdiende redding" genoemd.

Een martelaar worden tijdens de Zeven jaar van Grote verdrukking, is niet gemakkelijk. Ook al beslissen ze vanaf het begin om een martelaar te worden, velen van hen zullen tenslotte toch de Here verloochenen, vanwege de vreselijke martelingen en vervolgingen die gegeven worden door de anti-Christ, die hen dwingt om het teken "666" te ontvangen.

Ze weigeren gewoonlijk heel standvastig om het teken te ontvangen, omdat ze weten, eens ontvangen, behoren ze Satan toe. En toch is het alles behalve gemakkelijk om de martelingen te verdragen die gepaard gaan met buitenmate grote pijnen.

Soms, wanneer iemand de martelingen doorstaat, is het nog moeilijker voor die persoon om te zien hoe zijn familieleden worden gemarteld. Daarom is het heel moeilijk om gered te worden door deze "verdiende redding." Bovendien, omdat mensen geen hulp van de Heilige Geest kunnen ontvangen gedurende die tijd, is het nog moeilijker om het geloof te behouden.

Daarom hoop ik dat geen enkele lezer de Zeven jaar van Grote Verdrukking zal doormaken. De reden waarom ik de Zeven jaar van Grote verdrukking uitleg is om je te laten weten dat de gebeurtenissen, over de eindtijd opgeschreven staan in de Bijbel, er zullen zijn en precies zo zullen geschieden.

Een andere reden is ook voor degene die achter zullen blijven nadat Gods kinderen opgenomen zijn in de lucht. Terwijl de ware gelovingen opgenomen zijn in de lucht en het zevenjarige bruiloftsmaal hebben, zal de verschrikkelijke zeven jaar van Grote Verdrukking plaatsvinden op de aarde.

Martelaren verkrijgen "verdiende redding"

Na de komst van de Here in de lucht, zullen sommigen,

die niet opgenomen zijn in de lucht, zich bekeren van hun ongepastte geloof in Jezus Christus.

Wat hen brengt in de "verdiende redding" is het woord van God dat gepreekt wordt door de kerk die Gods werken op een grote wijze laten zien in de eindtijd. Ze komen te weten hoe ze gered kunnen worden, welke gebeurtenissen plaats zullen vinden, en hoe ze moeten reageren op de wereldgebeurtenissen die geprofeteerd werden door Gods woord.

Dus er zijn sommige mensen die zich echt zullen bekeren voor God en gered zullen worden door martelaar te worden. Het wordt de zogenaamde "verdiende redding" genoemd. Natuurlijk, zullen onder deze mensen ook de Israelieten zijn. Ze zullen "de boodschap van het kruis" weten en beseffen dat Jezus, die ze niet erkenden als de Messias, werkelijk de Zoon van God is en de Redder van de gehele mensheid. Dan zullen ze zich bekeren en een deel worden van de "verdiende redding." Ze zullen zich vergaderen om samen te groeien in hun geloof, en sommigen van hen zullen zich bewust worden van Gods hart en martelaren worden om gered te worden.

Op deze wijze, zijn geschriften die het woord van God uitleggen, niet alleen behulpzaam voor het geloof van velen te laten toenemen, maar ook speelt het een belangrijke rol voor degene die niet opgenomen worden in de lucht. Daarom zou je de wonderlijke liefde en genade van God moeten beseffen, die alle dingen voorbereid heeft voor degene die gered zullen worden zelfs na de wederkomst van de Here in de lucht.

2. Het duizendjarige Rijk

De bruiden die het zevenjarige bruiloftsmaal hebben beëindigd, zullen terugkomen naar deze aarde en met de Here regeren voor duizend jaren (Openbaring 20:4). Wanneer de Here terugkomt naar de aarde, zal Hij het reinigen. Hij zal eerst de lucht reinigen en dan de gehele natuur mooi maken.

Alles bezoeken rondom de Nieuwe gereinigde aarde

Net zoals een pas getrouwd koppel op huwelijksreis gaat, zal je met de Here, jouw Bruidegom op stap gaan, tijdens het duizendjarige rijk na het zevenjarige bruiloftsmaal. Waar zal je dan het liefste naar toe gaan?

Gods kinderen, de bruiden van de Here, zullen de aarde, hier en daar willen bezoeken, omdat ze deze spoedig zullen verlaten. God zal alle dingen verhuizen naar de Eerste Hemel, zoals de aarde waarop de menselijke ontginning plaatsvond, de zon en de maan en andere naar een andere ruimte na het Duizendjarige rijk.

Daarom, na het zevenjarige bruilofsmaal, zal God, de Vader, de aarde mooi bekleden en je samen met de Here laten regeren voor duizend jaren, voordat Hij het verwijderd. Dit is een vooraf gepland proces binnen de voorzienigheid van God, dat Hij alle dingen geschapen heeft in de hemel en de aarde voor zes dagen en de zevende dag rustte. Het is ook zo dat je het niet jammer zou vinden dat je de aarde moet verlaten door je gedurende duizend jaar te laten regeren met de Here. Je zal genieten, van de verrukkelijke tijd van regeren met de Here gedurende duizend jaar op deze mooie opnieuw beklede aarde. Alle plaatsen bezoeken waar je niet in staat was om te bezoeken tijdens je leven hier op aarde, je kan de gelukzaligheid en vreugde voelen die je nooit eerder gevoeld hebt.

Duizend jaren regeren

Gedurende deze periode, is er geen vijand Satan en de duivel. Net zoals het leven in de Hof van Eden, zal er enkel vrede en rust zijn in zo'n aangename omgeving. Ook, degene die gered zijn en de Here zullen op de aarde blijven, maar ze zullen niet leven met de vleselijke mensen die de Grote Verdrukking overleeft hebben. De geredde mensen en de Here zullen in een gescheiden plaats wonen, zoals een koninklijk paleis of kasteel. Met andere woorden, de geestelijken zullen binnen in het paleis leven, en de vleselijken buiten het kasteel, omdat de geestelijke en vleselijke lichamen niet samen in een plaats kunnen blijven.

Geestelijke mensen zullen al veranderd zijn in geestelijke lichamen en eeuwig leven hebben. Dus ze kunnen leven door geuren te ruiken zoals de geur van bloemen, maar soms kunnen ze ook met vleselijke mensen eten als ze samen zijn. En toch, zelfs als ze eten, scheiden ze niet af zoals vleselijke mensen. Ook al eten ze natuurlijk voedsel, ze lossen het op in de lucht door de adem.

Vleselijke mensen zullen zich concentreren op het vermeerderen in aantal, omdat er niet veel overlevenden zullen zijn van de zevenjarige Grote Verdrukking. Gedurende die periode zal er geen ziekte of kwaad zijn, omdat de lucht rein is, en de vijand Satan en de duivel zullen er niet zijn. Omdat de vijand Satan en de duivel die de boosheid beheersen, gevangen zijn in de bodemloze put, de Abyss, zal de ongerechtigheid en de boosheid van de menselijke natuur geen invloed uitoefenen (Openbaringen 20:3). Ook, omdat er geen dood is, zal de aarde opnieuw gevuld worden met vele mensen.

Wat zullen de vleselijke mensen dan eten? Toen Adam en Eva in de Hof van Eden leefden, aten ze enkel vruchten en zaaddragende planten (Genesis 1:29). Nadat Adam en Eva ongehoorzaam waren aan God, en uit de Hof van Eden werden gedreven, begonnen ze planten van het veld te eten (Genesis 3:18). Na de vloed van Noach, werd de wereld nog slechter, en stond God de mensheid toe om vlees te eten. Je ziet dat hoe slechter de wereld werd, te slechter het eten werd dat de mensen aten.

Gedurende het Duizendjarige rijk, zullen mensen gewassen uit het veld eten of vruchten van de bomen. Ze zullen geen enkel vlees eten, net zoals de mensen voor de vloed van Noach deden, omdat er geen kwaad of dood zal zijn. Ook, omdat alle beschavingen vernietigd zijn door de oorlogen tijdens de Grote Verdrukking, zullen ze terugkeren naar de primitieve manier van leven en toenemen in aantal op de aarde, die de Here zal bekleden. Ze zullen opnieuw starten in de pure natuur, welke onvervuild, vredevol en mooi is.

Bovendien, ook al hebben ze zo'n ontwikkelde beschaving ervaren voor de Grote Verdrukking en hadden ze kennis, de moderne beschaving van vandaag, kan niet volbracht worden in honderd of tweehonderd jaren. En toch terwijl de tijd verder gaat, en mensen hun wijsheid verzamelen, zullen ze misschien in staat zijn om een beschaving te volbrengen die gelijk is aan het niveau

67

van vandaag de dag, op het einde van het Duizendjarige rijk.

3. De hemel beloond na de dag des oordeels

Na het duizendjarige rijk, zal God de vijand Satan en de duivel vrijzetten die gevangen zijn in Abyss, de bodemloze put (Openbaring 20:1-3). Ondanks dat de Here zelf regeert op deze aarde om de vleselijke mensen, die de Grote verdrukking overleven, en hun nakomelingen te leiden tot de eeuwige redding, is hun geloof niet echt. Dus laat God de vijand Satan en de duivel hen verzoeken.

Vele vleselijke mensen zullen misleid worden door de vijand duivel en de weg van vernietiging gaan (Openbaring 20:8). Dus de mensen van God zullen opnieuw de reden beseffen waarom God de hel maakte en de grote liefde van God, die echte kinderen wil ontwikkelen door de mensheid te ontwikkelen.

De boze geesten die voor een korte periode losgelaten worden, zullen opnieuw in de bodemloze put worden gebracht, en het grote oordeel van de Witte troon zal plaatsvinden (Openbaringen 20:12). Hoe zal het Grote Oordeel van de Witte Troon dan gebeuren?

God heeft de leiding over het oordeel van de witte troon

In Juli 1982, terwijl ik aan het bidden was voor de opening van een kerk, liet God mij tot in detail alles weten over het

Grote oordeel van de Witte Troon. God openbaarde mij een voorstelling waarin God iedereen oordeelt. Voor de Troon van God, de Vader, stonden de Here en Mozes, en rondom de troon speelden mensen een rol als jury.

In tegen stelling tot deze wereld, is God volmaakt en maakt geen fouten. En toch, oordeelt Hij samen met de Here, die dient als de advocaat van liefde, Mozes als de aanklager met de wet, en andere mensen als juryleden. Openbaringen 20:11-15, beschrijft precies hoe God zal oordelen.

> *"En ik zag een grote witte troon en Hem, die daarop gezeten was, voor wiens aangezicht de aarde en de hemel vluchtten, en geen plaats werd voor hen gevonden. En ik zag de doden, de groten en de kleinen, staande voor de troon, en er werden boeken geopend. En nog een ander boek werd geopend, het (boek) des levens; en de doden werden geoordeeld op grond van hetgeen in de boeken geschreven stond, naar hun werken. En de zee gaf de doden, die in haar waren, en de dood en het dodenrijk gaven de doden, die in hen waren, en zij werden geoordeeld, een ieder naar zijn werken. En de dood en het dodenrijk werden in de poel des vuurs geworpen. Dat is de tweede dood: de poel des vuurs. En wanneer iemand niet bevonden werd geschreven te zijn in het boek des levens, werd hij geworpen in de poel des vuurs."*

"De Grote Witte troon" verwijst hier naar de troon van God, die de Rechter is. God, gezeten op de troon die zo stralend is, als het "wit," zal het uiteindelijke oordeel uitvoeren met lie777fde en gerechtigheid, om het kaf, niet het koren naar de hel te sturen.

Daarom wordt het soms ook het Grote Oordeel van de Witte troon genoemd. God zal precies oordelen overeenkomstig "het boek des levens" die de namen bijhoud van degene die gered zijn en andere boeken die de daden van ieder persoon bijhoud.

De ongeredde zullen in de hel vallen

Voor de Troon van God, is er niet alleen het boek des levens, maar ook andere boeken waarin de daden van ieder persoon zijn bijgehouden, van degene die de Here niet hebben aangenomen of niet het echte geloof hadden (Openbaringen 20:12).

Vanaf het moment dat de mensen werden geboren tot het moment dat de Here hun geesten riep, is iedere daad afzonderlijk opgetekend in deze boeken. Bijvoorbeeld, goede daden doen, iets zweren aan iemand, iemand slaan, of boos worden op mensen zijn allemaal opgetekend door de handen van de engelen.

Net zoals je bepaalde gesprekken of gebeurtenissen kan opnemen en kan bewaren voor een lange tijd op video of geluidsopnamen, schrijven de engelen alle situaties op in de boeken in de hemel door het bevel van de Almachtige God. Daarom zal het Grote Oordeel van de Witte Troon precies plaatsvinden zonder enige fout. Hoe zal het oordeel dan uitgedragen worden?

De ongeredde mensen zullen eerst geoordeeld worden. Deze mensen kunnen niet voor God komen om geoordeeld te worden, omdat ze zondaren zijn. Ze zullen enkel geoordeeld worden in Hades, de wacht plaats van de hel. Ondanks dat ze niet voor God komen, zal het oordeel nauwgezet uitgedragen worden, alsof het plaatsvind voor God zelf. Onder de zondaars, zal God eerst degene oordelen wiens zonden zwaarder zijn. Na het oordeel van al degene die niet gered zijn, zullen zij of naar het meer van vuur gaan of naar het meer van brandend zwavel, en eeuwig gestraft worden.

De geredde ontvangen beloningen in de hemel

Nadat het oordeel van degene die niet gered zijn klaar is, zal het oordeel van de beloningen van degene die gered zijn volgen. Zoals het beloofd is in Openbaringen 22:12, *"Zie, Ik kom spoedig en mijn loon is bij Mij om een ieder te vergelden, naardat zijn werk is,"* zullen de plaatsen en beloningen in de hemel overeenkomstig aangewezen worden.

Het oordeel van de beloningen zal plaatsvinden in vrede voor God, omdat het voor de kinderen van God is. Het oordeel van de beloningen zal uitgegeven worden beginnende met degene die de grootste zijn en de meeste, en dan naar degene met de minste beloningen, en dan zullen de kinderen van God hun respectievelijke plaatsen innemen.

"En er zal geen nacht meer zijn en zij hebben geen licht van een lamp of licht der zon van node, want de Here God zal hen verlichten en zij zullen als koningen heersen tot in alle eeuwigheden" (Openbaring 22:5).

Ondanks vele moeilijkheden en tegenspoed in deze wereld, hoe gelukzalig is het, omdat je hoop op de hemel hebt! Daar leef je met de Here voor eeuwig, enkel met geluk en vreugde, maar zonder tranen, zorgen, pijn, ziekte en dood.

Ik heb enkel een klein stukje beschreven van het zevenjarige bruiloftsmaal en het duizendjarige rijk, waar je zal regeren met de Here. Wanneer die tijden – enkel een aankondiging van het leven in de hemel –zo gelukkig zijn, hoe gelukkiger en vreugdevoller zal het leven in de hemel zijn? Daarom moet je rennen naar je plaats en beloningen voorbereid voor jou in de hemel tot het moment dat de Here terugkomt.

Waarom hebben onze voorvaders van geloof zo hard geprobeerd en geleden om het smalle pad van de Here te nemen, in plaats van de gemakkelijke weg van deze wereld? Ze vastten en baden vele nachten om hun zonden te verwerpen en wijdden hun zelf volledig toe, omdat ze op de hemel hoopten. Omdat ze in God geloofden die hen zou belonen in de hemel overeenkomstig hun daden, probeerden ze energiek om heilig en getrouw te zijn in Gods gehele huis.

Daarom bid ik, in de naam van de Here dat je niet enkel zal deelnemen aan het zevenjarige bruiloftsmaal en in de armen des Heren te zijn, maar ook dicht te blijven bij de troon van God in de hemel door je best te doen met een vurige hoop op de hemel.

Hoofdstuk 4

De geheimen van de Hemel, verborgen sedert de schepping

1. Geheimen van de hemel zijn geopenbaard sinds de tijd van Jezus
2. De geheimen van de hemel geopenbaard in de eindtijd
3. In Mijn Vaders huis zijn vele verblijfplaatsen

Hij antwoordde hun en zeide:
Omdat het u gegeven is
de geheimenissen van het
Koninkrijk der hemelen te kennen,
maar hun is dat niet gegeven.
Want wie heeft, hem zal gegeven worden
en hij zal overvloedig hebben;
maar wie niet heeft, ook wat hij heeft,
zal hem ontnomen worden.
Daarom spreek Ik tot hen in gelijkenissen,
omdat zij ziende niet zien en
horende niet horen of begrijpen.
Dit alles zeide Jezus in gelijkenissen tot de scharen en zonder gelijkenis zeide Hij niets tot hen, opdat vervuld zou worden het woord, gesproken door de profeet, toen hij zeide: Ik zal mijn mond opendoen met gelijkenissen, Ik zal verkondigen wat sinds de grondlegging der wereld verborgen gebleven is."

- Matteüs 13:11-12; 34-35 -

Op een dag, toen Jezus op het strand zat, verzamelden zich vele mensen. Toen vertelde Jezus hen vele dingen in parabels. Jezus' discipelen vroegen Hem op een keer, "Waarom spreek je in parabels tot hen?" En Jezus antwoordde hen:

"Hij antwoordde hun en zeide: Omdat het u gegeven is de geheimenissen van het Koninkrijk der hemelen te kennen, maar hun is dat niet gegeven. Want wie heeft, hem zal gegeven worden en hij zal overvloedig hebben; maar wie niet heeft, ook wat hij heeft, zal hem ontnomen worden. Daarom spreek Ik tot hen in gelijkenissen, omdat zij ziende niet zien en horende niet horen of begrijpen. En aan hen wordt de profetie van Jesaja vervuld, die zegt: Met het gehoor zult gij horen en gij zult het geenszins verstaan, en ziende zult gij zien en gij zult het geenszins opmerken; want het hart van dit volk is vet geworden, en hun oren zijn hardhorend geworden, en hun ogen hebben zij toegesloten, opdat zij niet zien met hun ogen, en met hun oren niet horen, en met hun hart niet verstaan en zich bekeren, en Ik hen zou genezen. Maar uw ogen zijn zalig, omdat zij zien en uw oren, omdat zij horen. Voorwaar, Ik zeg u: Vele profeten en rechtvaardigen hebben begeerd te zien wat gij ziet, en zij hebben het niet gezien, en te horen wat gij hoort, en zij hebben het niet gehoord" (Matteüs 13:11-17).

De Hemel I

Net zoals Jezus zei, konden vele profeten en rechtvaardigen de geheimenissen van het koninkrijk der hemelen niet zien of horen, ook al wilden ze het zien en horen.

En toch, omdat Jezus, die God Zelf in de ware natuur is, kwam naar deze aarde (Filippenzen 2:6-8), was het toegestaan om de geheimenissen van de hemel te openbaren aan Zijn discipelen.

Zoals geschreven staat in Matteüs 13:35, *"Opdat vervuld zou worden het woord, gesproken door de profeet, toen hij zeide: 'Ik zal Mijn mond opendoen in gelijkenissen, Ik zal verkondigen wat sinds de grondlegging der wereld verborgen gebleven is."* Jezus sprak in gelijkenissen om te vervullen hetgeen geschreven stond in de Schriften.

1. De geheimen van de hemel zijn geopenbaard sinds Jezus tijd

In Matteüs 13, staan er vele gelijkenissen over de hemel. Dat komt omdat je zonder gelijkenissen, de geheimenissen van de hemel, niet kan begrijpen en beseffen ook al lees je de Bijbel vele keren.

"Het Koninkrijk der hemelen, komt overeen met iemand, die goed zaad gezaaid had in zijn akker" (v. 24).

"Het koninkrijk der hemelen, is gelijk aan een

mosterdzaadje, dat iemand nam en in zijn akker zaaide. Het is wel het kleinste van alle zaden, maar als het volgroeid is, is het groter dan de tuingewassen, en het wordt een boom, zodat de vogelen des hemels in zijn takken kunnen nestelen" (v. 31-32).

"Het koninkrijk der hemelen, is gelijk aan een zuurdesem, welke een vrouw nam en in drie maten meel deed, totdat het geheel doorzuurd was" (v. 33).

"Het Koninkrijk der hemelen is gelijk aan een schat, verborgen in een akker, die een mens ontdekte en verborg, en in zijn blijdschap erover, gaat hij heen en verkoopt al wat hij heeft en koopt die akker" (v. 44).

"Evenzo is het Koninkrijk der hemelen gelijk aan een koopman, die schone parelen zocht. Toen hij een kostbare parel gevonden had, ging hij heen en verkocht al wat hij had en kocht die" (v. 45-46).

"Evenzo, is het Koninkrijk der hemelen gelijk aan een sleepnet, neergelaten in de zee, dat allerlei bijeen brengt. Wanneer het vol is, haalt men het op de oever, en zet zich neer en verzamelt het goede in vaten, doch het ondeugdelijke werpt men weg" (v. 47-48).

Evenzo preekte Jezus over de hemel, welke in de geestelijke wereld is, door veel gelijkenissen. Omdat de hemel in de

De Hemel I

geestelijke wereld is, kan je het alleen maar grijpen door gelijkenissen.

Om eeuwig leven te hebben in de hemel, moet je een echt leven van geloof leven, wetende hoe de hemel te bezitten, wat voor mensen er binnen zullen gaan, en wanneer het vervuld zal worden.

Wat is het uiteindelijke doel van het gaan naar de kerk en een geloofsleven te leven? Het is om gered te zijn en naar de hemel te gaan. En toch, wanneer je de hemel niet binnen kan gaan, ondanks dat je naar de kerk ging voor een lange tijd, hoe droevig zal dat zijn voor jou?

Zelfs tijdens de tijd van Jezus, gehoorzaamden vele mensen de wet en beleden hun geloof in God, maar waren niet gekwalificeerd om gered te worden en de hemel binnen te gaan. In Matteüs 3:2, verklaarde Johannes de Doper, *"Bekeert u, want het Koninkrijk der hemelen is nabijgekomen."* En bereidde de weg voor de Here voor. Ook in Matteüs 3:11-12, ziet hij dat Jezus de Redder is en de Heer van het Grote Oordeel, zeggende, *"Ik doop u met water, maar Hij, die na mij komt, is sterker dan ik; ik ben niet waardig Hem Zijn schoenen na te dragen; die zal u dopen met de Heilige Geest en met vuur. De wan is in zijn hand en Hij zal zijn dorsvloer geheel zuiveren en zijn graan in de schuur bijeenbrengen, maar het kaf zal Hij verbranden met onuitblusbaar vuur."*

Niet te min, faalden de Israëlieten in die tijd niet alleen om Hem te erkennen als hun Redder, maar ze kruisigden Hem ook. Hoe droevig eigenlijk dat ze vandaag nog steeds wachten op de Messias!

De geheimenissen van de hemel geopenbaard aan de Apostel Paulus

Ondanks dat de Apostel Paulus niet een van Jezus oorspronkelijke twaalf discipelen was, bleef hij niet achter in het getuigen over Jezus Christus. Voordat Paulus de Here ontmoette, was hij een farizeeër, die zich nauwkeurig aan de wet en de tradities van de oudsten hield, en een jood, met Romeins burgerschap sinds geboorte, die deel nam aan de vervolging van de eerste christenen.

Hoe dan ook, nadat Hij de Here ontmoette op de weg naar Damascus, veranderde Paulus zijn denken en leidde zo vele mensen naar de weg van redding door zich te richten op het evangeliseren onder de heidenen.

God wist dat Paulus heel veel pijn zou lijden en vervolging terwijl hij het evangelie verkondigde. Hij openbaarde de wonderlijke geheimenissen van de hemel aan Paulus zodat hij kon verder gaan naar zijn doel (Filippenzen 3:12-14). God liet hem het evangelie verkondigen met de uiterste blijdschap, met de hoop voor de hemel.

Wanneer je de brieven van Paulus leest, kan je zien dat deze geschreven zijn door de inspiratie van de Heilige Geest over de terugkomst van de Here, gelovigen die opgenomen worden in de lucht, hun verblijfplaats in de hemel, de glorie van de hemel, eeuwige beloningen en kronen, Melchisedek, de eeuwige priester, en Jezus Christus.

In 2 Korintiërs 12:1-4, deelt Paulus zijn geestelijke ervaringen aan de gemeente van Korinthe die hij oprichtte, en die niet leefde overeenkomstig Gods woord.

> *"Er moet geroemd worden, het dient wel tot niets, maar ik zal komen op gezichten en openbaringen des Heren. Ik weet van een mens in Christus, veertien jaar is het geleden – of het in het lichaam was, weet ik niet, of het buiten mijn lichaam was, weet ik niet, God weet het – dat die persoon weggevoerd werd tot in de derde hemel. En ik weet van die persoon – of het in het lichaam of buiten het lichaam was, weet ik niet, God weet het – dat hij weggevoerd werd naar het paradijs en onuitsprekelijke woorden gehoord heeft, die het een mens niet geoorloofd is uit te spreken."*

God koos Paulus uit om te evangeliseren onder de heidenen, reinigde hem met vuur en gaf hem visioenen en openbaringen. God leidde hem om alle moeilijkheden te overwinnen met liefde, geloof en hoop voor de hemel. Bijvoorbeeld, Paulus beleed dat hij naar het paradijs, in de derde hemel geleid werd en hoorde over de geheimen van de hemel, veertien jaar daarvoor, maar ze waren zo wonderbaarlijk dat het de mens niet werd toegestaan om erover te spreken.

Een apostel is een persoon die geroepen is door God en Zijn wil volledig gehoorzaamt. Niet tegen staande, waren er ook enkele mensen onder de leden van de gemeente van Korinthe die misleid waren door valse leraren en de apostel Paulus veroordeelden.

In die tijd, maakte de apostel Paulus een lijstje op van alle moeilijkheden die hij geleden had voor de Here en deelde zijn geestelijke ervaringen om de Korintiërs te leiden om een mooie bruid van de Here te worden, handelende overeenkomstig Gods woord. Dit was niet om te roemen over zijn geestelijke ervaringen, maar enkel om de gemeente van Christus op te bouwen en te versterken door zijn apostelschap te verdedigen en te bevestigen.

Wat je hier moet beseffen is dat de visioenen en de openbaringen van de Here enkel kunnen komen tot degenen die echt zijn in de ogen van God. Evenzo, in tegenstelling tot de leden van de gemeente van Korinthe die misleid waren door valse leraren en Paulus veroordeelden, moet je niemand veroordelen die werkt om het koninkrijk van God uit te bereiden, vele zielen red en erkent is door God.

De geheimenissen van de hemel getoond aan de Apostel Johannes

De apostel Johannes was een van de twaalf discipelen en was zeer geliefd door Jezus. Jezus Zelf noemde hem niet alleen een "discipel," maar koesterde hem geestelijk, zodat hij zijn leraar dichtbij kon dienen. Hij was zo opvliegend, kortaangebonden dat hij gewoonlijk "zoon des donders" genoemd werd, maar hij werd een apostel van liefde nadat hij veranderd werd door de kracht van God. Johannes volgde Jezus, zoekende de glorie in de hemel. Hij was ook de enige discipel die de laatste zeven woorden van Jezus hoorde aan het kruis. Hij was getrouw in zijn plicht als een apostel en werd een groot man in de hemel.

Als een gevolg van hevige vervolging van het christendom in het Romeinse Rijk, werd Johannes in kokende olie geworpen, maar stierf niet en werd toen verbannen naar het eiland Patmos. Daar communiceerd hij met God in diepte en schreef alles op in het boek Openbaring, welke vol is van de geheimenissen van de hemel.

Johannes schreef over vele geestelijke dingen, zoals de Troon van God en van het Lam in de hemel, aanbidding in de hemel, de vier dieren rondom Gods troon, de zeven jaren van Grote verdrukking en de boekrollen van de engelen, het Bruiloftsmaal van het Lam, het duizendjarige Rijk, het Grote Oordeel van de Witte troon, de hel, het Nieuwe Jeruzalem, en de bodemloze put, de Abyss.

Dat is de reden waarom de Apostel Johannes in Openbaringen 1:1-3 zegt, dat het boek opgenomen is door de openbaringen en de visioenen van de Here, en hij schrijft alles op, omdat hetgeen opgeschreven is, weldra geschieden zal.

> *"Openbaring van Jezus Christus, welke God Hem gegeven heeft om zijn dienstknechten te tonen hetgeen weldra moet geschieden, en welke Hij door de zending van zijn engel aan zijn dienstknecht Johannes heeft te kennen gegeven. Deze heeft van het woord Gods getuigd en van het getuigenis van Jezus Christus, alles wat hij gezien heeft. Zalig hij, die voorleest, en zij, die horen de woorden der profetie, en bewaren, hetgeen daarin geschreven staat, want de tijd is nabij."*

De zin "de tijd is nabij" betekent dat de tijd van Jezus wederkomst nabij is. Daarom is het heel belangrijk om de vereisten te bezitten om de hemel binnen te gaan door gered te zijn door geloof.

Ook al ga je elke week naar de kerk, je kan niet gered worden tenzij je geloof met daden hebt. Jezus zegt je, *"Niet een ieder die tot Mij zegt 'Here, Here,' zal het koninkrijk der hemelen binnengaan, maar wie doet de wil Mijns Vaders, die in de hemelen is"* (Matteüs 7:21). Dus, als je niet handelt overeenkomstig Gods woord, is het vanzelfsprekend dat je de hemel niet kan binnengaan.

Daarom legt de apostel Johannes de gebeurtenissen en profetieën uit die zullen gebeuren en die spoedig zullen geschieden vanaf Openbaringen 4, en beëindigd dat de Here terugkomt en dat je je gewaad moet wassen.

"Zie, Ik kom spoedig, en mijn loon is bij Mij om een ieder te vergelden, naardat zijn werk is. Ik ben de alfa en de omega, de eerste en de laatste, het begin en het einde. Zalig zij, die hun gewaden wassen, opdat zij recht mogen hebben op het geboomte des levens en door de poorten in gaan in de stad" (Openbaring 22:12-14).

Geestelijk, staat een gewaad voor iemands hart en handelingen. Het gewaad wassen verwijst naar bekering van zonde en proberen te leven overeenkomstig Gods wil.

Dus naar de mate dat je leeft naar Gods woord, zal je door de poorten gaan, totdat je de mooiste hemel binnengaat, het Nieuwe Jeruzalem.

Daarom moet je beseffen dat te meer je geloof groeit, des te beter je verblijfplaats in de hemel zal zijn.

2. De geheimen van de hemel geopenbaard in de eindtijd

Laat ons wat dieper doorvorsen de geheimen van de hemel die geopenbaard zijn en die in vervulling zullen gaan in de eindtijd door de gelijkenissen van Jezus in Matteüs 13.

Hij zal de goddeloze scheiden van de rechtvaardige

In Matteüs 13:47-50, zegt Jezus dat het Koninkrijk der hemelen gelijkt op een net dat neergelaten wordt in het meer en allerlei soorten vis vangt. Wat betekent dit?

"Evenzo is het Koninkrijk der hemelen gelijk aan een sleepnet, neergelaten in de zee, dat allerlei bijeenbrengt. Wanneer het vol is, haalt men het op de oever, en zet zich neer en verzamelt het goede in vaten, doch het ondeugdelijke werpt men weg. Zó zal het gaan bij de voleinding der wereld. De engelen zullen uitgaan om de bozen uit het midden der rechtvaardigen af te zonderen, en zij zullen hen in de vurige oven werpen; daar zal het geween zijn en het tandengeknars."

"De zee" verwijst naar de wereld, "de vis" naar alle gelovigen, en de visser die de netten neerlaat in de zee en vis vangt, is God.

Wat betekent het dan voor God om een net neer te laten, het op te halen wanneer het vol is, en de goede vissen te verzamelen in vaten, en de slechte weg te gooien? Dit is om je te laten weten dat in de eindtijd, de engelen zullen komen en de rechtvaardigen zullen verzamelen naar de hemel en de slechte in de hel te gooien.

Vandaag de dag, denken vele mensen dat ze absoluut het koninkrijk der hemelen binnen zullen treden als zij Jezus Christus aan nemen. Jezus zegt hoe dan ook, heel duidelijk, *"De engelen zullen uitgaan om de bozen uit het midden der rechtvaardigen af te zonderen, en zij zullen hen in de vurige oven werpen; daar zal het geween zijn en het tandengeknars."*
"De rechtvaardigen" betekent degene die "rechtvaardig" genoemd worden door te geloven in Jezus Christus in hun harten en hun geloof weergeven door daden. Je bent "rechtvaardig", niet omdat je het woord van God kent, maar alleen door Zijn geboden te gehoorzamen en te handelen naar Zijn wil (Matteüs 7:21).

In de Bijbel, zijn er "Doe," "Doe niet," "Geboden" en "Doe weg." Alleen degene die leven overeenkomstig het woord van God zijn "rechtvraardig" en worden beschouwd om geestelijk, levend geloof te hebben. Er zijn mensen waarvan gezegd werd dat ze in 't algemeen rechtvaardig waren, maar ze kunnen ondergebracht worden als "rechtvaardig" in de ogen van mensen, of "rechtvaardig" in de ogen van God. Daarom zou je in staat moeten zijn om het verschil te herkennen tussen de rechtvaardigheid van mensen en dat van God, en hoe je een rechtvaardig mens wordt in de ogen van God.

Bijvoorbeeld, als een mens die zichzelf rechtvaardig beschouwd steelt, wie zal hem aanvaarden als zijnde rechtvaardig? Als degene die zichzelf "kinderen van God" noemen, blijven zondigen en niet leven overeenkomstig het woord van God, kunnen ze niet "rechtvaardig" genoemd worden. Dit soort mensen zijn de slechte onder de "rechtvaardigen."

Iedereen verschilt van glans in het hemelse lichaam

Wanneer wij Jezus Christus aan nemen en alleen leven overeenkomstig Gods woord, zullen we stralen als de zon in de hemel. De Apostel Paulus schrijft over de geheimen van de hemel in detail in 1 Korintiërs 15:40-41.

"Er zijn hemelse en aardse lichamen, maar de glans der hemelse is anders dan die der aardse. De glans der zon is anders dan die der maan en der sterren, want de ene ster verschilt van de andere in glans."

Daar iemand de hemel enkel kan bezitten door geloof, is het praktisch dat de glorie van de hemel zal verschillen overeenkomstig de mate van iemands geloof. Dat is de reden dat er een glorie van de zon, van de maan en van de sterren is; zelfs onder de sterren, verschilt hun mate van stralen.

Laat ons naar een ander geheim van de hemel kijken door de gelijkenis van het mosterdzaadje in Matteüs 13:31-32.

"Nog een gelijkenis hield Hij hun voor en Hij

zeide: Het Koninkrijk der hemelen is gelijk aan een mosterdzaadje, dat iemand nam en in zijn akker zaaide. Het is wel het kleinste van alle zaden, maar als het volgroeid is, is het groter dan de tuingewassen en het wordt een boom, zodat de vogelen des hemels in zijn takken kunnen nestelen."

Een mosterdzaadje is zo klein als een punt gezet door een balpen. Zelfs dit kleine zaadje zal zo groot groeien dat de vogelen des hemels komen en erop neerstrijken. Wat wilde Jezus ons onderwijzen door deze gelijkenis van het mosterdzaadje? De lessen die geleerd moeten worden zijn dat de hemel enkel in bezit genomen kan worden door geloof, en dat er verschillende soorten van geloof zijn. Dus ook al heb je "een klein" geloof nu, je kan het koesteren tot een "groot" geloof.

Zelfs het geloof zo klein als een mosterd zaad

Jezus zegt in Matteüs 17:20, *"Vanwege uw klein geloof. Want voorwaar, Ik zeg u, indien gij een geloof hebt als een mosterdzaad, zult gij tot deze berg zeggen: Verplaats u vanhier daarheen en hij zal zich verplaatsen en niets zal u onmogelijk zijn."* In antwoord op de vraag van Zijn discipelen, "Geef ons meer geloof!" Antwoordt Jezus, *"Indien gij een geloof hadt als een mosterdzaad, gij zoudt tot deze moerbeiboom zeggen: Word ontworteld en in de zee geplant, en hij zou u gehoorzamen"* (Lucas 17:5-6).

Wat zijn dan de geestelijke betekenissen van deze verzen? Het betekent dat wanneer het geloof zo klein als een mosterdzaad groeit en een groot geloof wordt, niets meer onmogelijk is. Wanneer iemand Jezus Christus aanneemt, wordt geloof zoals klein als een mosterdzaad aan hem gegeven. Wanneer hij dat zaad in zijn hart zaait, zal het uitspruiten. Wanneer het groeit in een groot geloof, de grootte van een grote boom, waar vele vogels komen en in neerstrijken, zal iemand de werken van Gods kracht ervaren die Jezus verrichtte zoals de blinden die gaan zien, de doven die gaan horen, de stomme die gaan spreken, en de doden die terug tot leven komen.

Wanneer je denkt dat je geloof hebt, maar Gods werken niet kan laten zien en problemen hebt in je familie of zaken, dan komt dat toch omdat je geloof zo klein is als een mosterdzaad en nog niet gegroeid is tot de mate van een grote boom.

Het proces van de groei van geestelijk geloof

In 1 Johannes 2:12-14, legt de apostel Johannes kort uit de groei van geestelijk geloof.

> *"Ik schrijf u, kinderkens, want de zonden zijn u vergeven om zijns naams wil. Ik schrijf u, vaders, want gij kent Hem, die van den beginne is. Ik schrijf u, jongelingen, want gij hebt de boze overwonnen. Ik heb u geschreven, kinderen, want gij kent de Vader. Ik heb u geschreven, vaders, want gij kent Hem, die van den beginne is. Ik heb u geschreven, jongelingen, want gij zijt sterk en het woord Gods blijft in u en gij hebt de boze overwonnen."*

Je zou moeten beseffen dat er een proces is in de groei van het geloof. Je moet geloof ontwikkelen en het geloof van vaders hebben, waarin je in staat bent om God te kennen, die geweest is vanaf het begin der tijden. Je zou niet tevreden mogen zijn met het niveau van kinderlijk geloof, wiens zonden vergeven zijn vanwege Jezus Christus.

Ook zoals Jezus zei in Matteüs 13:33, *"Het Koninkrijk der hemelen is gelijk aan een zuurdesem, welke een vrouw nam en in drie maten meel deed, totdat het geheel doorzuurd was."* Daarom, zou je moeten begrijpen dat groeiend geloof zo klein als een mosterd zaad tot groot geloof kan komen, net zo snel als zuurdesem door het hele deeg werkt. Zoals geschreven staat in 1 Korintiërs 12:9, is geloof een geestelijke gave voor jou van God.

De hemel kopen met alles wat je hebt

Je hebt daadwerkelijk krachtsinspanning nodig om de hemel te bezitten, omdat de hemel alleen in bezit genomen kan worden door geloof, en er is een proces van de groei van het geloof. Zelfs in deze wereld, moet je zo erg je best doen om rijkdom en roem te verkrijgen, om niet te spreken over genoeg geld om bijvoorbeeld een huis te kopen. Je probeert zo je best te doen om te kopen en al deze dingen te handhaven, en geen van deze kan je voor eeuwig behouden. Hoeveel te meer, dan, zou je moeten proberen om de pracht en de verblijfplaatsen van de hemel te krijgen, die je voor eeuwig zal hebben?

Jezus zegt in Matteüs 13:44, *"Het Koninkrijk der hemelen is gelijk aan een schat, verborgen in een akker, die een mens ontdekte en verborg, en in zijn blijdschap erover gaat hij heen en verkoopt al wat hij heeft en koopt die akker."*

Hij gaat verder in Matteüs 13:45-46, *"Evenzo is het Koninkrijk der hemelen gelijk aan een koopman, die schone parelen zocht. Toen hij een kostbare parel gevonden had, ging hij heen en verkocht al wat hij had, en kocht die."*

Dus wat zijn de geheimen van de hemel die geopenbaard zijn door de gelijkenissen van de schat verborgen in een veld en van de mooie parel? Jezus vertelde gewoonlijk gelijkenissen met voorwerpen die gemakkelijk teruggevonden konden worden in het dagelijkse leven. Laat ons nu kijken naar de gelijkenis van "de verborgen parel in een veld."

Er was een arme boer die voor zijn levensonderhoud een dagelijks loon ontving. Op een dag, ging hij werken op verzoek van zijn buur. De boer werd verteld dat het land dor was, daar het gedurende lange tijd niet gebruikt was, maar zijn buurman wilde er enkele fruitbomen op planten om het land niet te verkwisten. De boer ging ermee akkoord om het werk te doen. Hij was het land aan het reinigen op een dag en voelde iets heel stevigs aan het einde van zijn schop. Hij ging verder met het graven en vond iets heel kostbaars in de grond. De boer die de schat had ontdekt, begon wegen te bedenken over hoe hij de schat kon bezitten. Hij besloot om het land te kopen waarin de schat verborgen lag en omdat het land dor en bijna verkwist was, dacht de boer dat de eigenaar van het land het misschien wel zou verkopen zonder veel ruzie te maken.

De boer kwam thuis, maakte alles schoon wat hij bezat, omdat hij de schat had ontdekt, welke meer waard was dan alles wat hij had.

De gelijkenis van de verborgen schat in het veld

Wat moet je beseffen door de gelijkenis van de verborgen schat in het veld? Ik hoop dat je het geheim van de hemel begrijpt door naar de geestelijke betekenis van de gelijkenis van de verborgen schat in het veld te kijken, in vier aspecten.

Ten eerste, staat een veld voor jou hart en de schat staat voor de hemel. Het betekent dat de hemel, net zoals de schat verborgen is in jou hart.

God maakte de mens met de geest, de ziel en het lichaam. De geest is gemaakt als de meester van een mens om te communiceren met God. De ziel is gemaakt om de bevelen van de geest te gehoorzamen, en het lichaam is gemaakt als een verblijfplaats voor de geest en de ziel. Daarom, zou de mens een levende geest moeten zijn zoals staat in Genesis 2:7.

Vanaf de tijd dat de eerste mens, Adam de zonde van ongehoorzaamheid pleegde, stierf hoe dan ook, de geest, de meester van de mens en de ziel begon de rol van de meester te spelen. De mensen vielen toen in meer zonde en moesten de weg van dood gaan, omdat ze niet langer konden communiceren met God. Ze waren nu mensen van de ziel, welke onder de controle van de vijand satan en de duivel is.

Om die reden zond de God van liefde Zijn enige Zoon Jezus naar deze wereld en liet Hem kruisigen en Zijn bloed vergieten als een verzoenoffer om de gehele mensheid te verlossen van hun zonden. Om die reden, werd de weg van redding geopend voor jou om de kinderen van de heilige God te worden en opnieuw met Hem te communiceren.

Daarom zal iedereen die Jezus Christus aanneemt als zijn persoonlijke Redder de Heilige Geest ontvangen, en zijn geest zal herleven. Ook zal hij het recht verkrijgen om een kind van God te worden en vreugde zal zijn hart vervullen. Dat betekent dat de geest communiceert met God en de ziel en het lichaam opnieuw beheerst als meester van de mens. Dat betekent ook dat hij God vreest en Zijn woord gehoorzaamt, en de toegewezen plicht van de mens uitdraagt.

Daarom is de opwekking van de geest hetzelfde als het vinden van de schat verborgen in het veld, omdat de hemel nu je hart voorstelt.

Ten tweede, een mens vind de schat verborgen in een veld en is vreugdevol, betekent dat wanneer iemand Jezus Christus aan neemt en de Heilige Geest ontvangt, de dode geest op staat, en hij zal beseffen dat de hemel in zijn hart is en zal zich verblijden.

Jezus zegt in Matteüs 11:12, *"Sinds de dagen van Johannes de Doper tot nu toe breekt het Koninkrijk der hemelen zich baan met geweld en geweldenaars grijpen ernaar."* Johannes de Apostel schreef ook in Openbaringen 22:14, *"Zalig zij, die hun gewaden wassen, opdat zij recht mogen hebben op het geboomte des levens en door de poorten ingaan in de stad."* Wat je hierdoor kan leren is dat niet iedereen die Jezus Christus heeft aangenomen naar dezelfde verblijfplaats in het koninkrijk der hemelen zal gaan. Naar de mate dat je aan de Here gelijk wordt en waarachtig wordt, zal je een mooiere verblijfplaats erven in de hemel. Daarom, zullen degene die God lief hebben en op de hemel hopen handelen overeenkomstig Gods woord in alles en gelijk de Here worden door alle het kwade te verwerpen. Je bezit het koninkrijk der hemelen, zoveel als je je hart vult met de hemel, waar enkel goedheid en waarheid is. Zelfs op deze aarde, wanneer je beseft dat er een hemel is in je hart, zal je al vreugdevol zijn. Dit is het soort vreugde dat je zal ervaren wanneer je eerst Jezus Christus ontmoet. Wanneer iemand de weg van de dood gaat, maar een waar leven verwerft en de eeuwige hemel door Jezus Christus, hoe verheugt zal hij dan zijn! Hij zou ook zo dankbaar zijn omdat hij kan geloven in het koninkrijk der hemelen in zijn hart. Op deze wijze, staat de vreugde van een man die zich verheugt in het vinden van een verborgen schat in een veld voor de vreugde van het aanvaarden van Jezus Christus en het koninkrijk der hemelen in zijn hart.

Ten derde, de schat opnieuw verbergen na het gevonden te hebben, betekent dat iemands dode geest opgewekt is en dat hij wil leven overeenkomstig Gods wil, maar hij kan zijn besluit nog niet in actie overbrengen, omdat hij nog niet de kracht ontvangen heeft om te leven overeenkomstig Gods woord.

De boer kon niet onmiddellijk de schat opgraven, toen hij het vond. Hij moest eerst al zijn bezittingen verkopen en het veld kopen. Op dezelfde wijze, weet je dat er een hemel en hel is, en hoe je de hemel binnen kan gaan, wanneer je Jezus Christus aanvaard, maar je kan geen daden tonen zodra je naar het woord van God luistert.

Omdat je een onrechtvaardig leven leefde die in verzet was met Gods woord, voordat je Jezus Christus aannam. En toch, als je niet alles wat leugenachtig is verwijderd uit je hart, terwijl je je geloof in God ontwikkeld, zal satan je voortdurend blijven leiden in de duisternis, zodat je niet kan leven overeenkomstig Gods woord. Net zoals de boer het veld kocht, nadat hij alles had verkocht, kan je de schat alleen maar in je hart hebben, wanneer je alle leugenachtigheid verwijderd uit je gedachten en een waarachtig hart hebt die God wil.

Dus je moet de waarheid volgen, welke het woord van God is, door af te hangen van God en vurig te bidden. Alleen dan zal de leugenachtigheid verwijderd worden en zal je kracht ontvangen om te handelen en te leven overeenkomstig Gods woord. Je zou in gedachten moeten houden dat de hemel er alleen is voor dit soort mensen.

Ten vierde, alles verkopen wat hij heeft, betekent om de dode geest op te wekken en meester van de mens te worden, moet je alle leugens die tot de ziel behoren omverwerpen.

Wanneer de dode geest opgewekt wordt, zal je beseffen dat er een hemel is. Je zou de hemel moeten bezitten door alle leugenachtige gedachten om ver te werpen, welke behoren tot de ziel en waar satan over regeert, en door het geloof te hebben wat samengaat met daden. Dit is het zelfde principe als een kuiken wat door de schaal moet breken om op de wereld te komen.

Daarom moet je alle daden en verlangens van het vlees verwerpen om volledig de hemel te bezitten. Bovendien, zou je een persoon moeten worden van de gehele geest die volledig gelijkt op de goddelijke natuur van de Here (1 Tessalonissenzen 5:23).

De daden van het vlees zijn de belichaming van het kwade in het hart, welke resulteert in daden. De daden van het vlees verwijzen naar alle soorten zonden in het hart, die ten alle tijden in daden gezien kunnen worden. Bijvoorbeeld, als je haat in je hart hebt, is het het verlangen van het vlees, en als deze haat zich uit in de daden tegen iemand, zoals slaan, dan is dat een werk van het vlees.

Galaten 5:19-21 zegt vastberaden, *"Het is duidelijk, wat de werken van het vlees zijn: hoererij, onreinheid, losbandigheid, afgoderij, toverij, veten, twist, afgunst, uitbarstingen van toorn, zelfzucht, tweedracht, partijschappen, nijd, dronkenschap, brasserijen, en dergelijke, waarvoor ik u waarschuw, zoals ik u gewaarschuwd heb, dat wie dergelijke dingen bedrijven, het koninkrijk Gods niet zullen beërven."*

Ook, zegt Romeinen 13:13-14 ons, *"Laten wij, als bij lichte dag, eerbaar wandelen, niet in brasserijen en drinkgelagen, niet in wellust en losbandigheid, niet in twist en nijd! Maar doet de Here Jezus Christus aan en wijdt geen zorg aan het vlees, zodat begeerten worden opgewekt."*

Daarom, betekent alles verkopen wat je bezit, dat je alle leugen, tegen Gods wil, in je ziel vernietigd en je daden en verlangens van het vlees verwijderd, welke niet recht zijn overeenkomstig Gods woord, en al de rest wat je meer lief had dan dat je God lief had.

Als je je zonden en het kwade op deze wijze blijft verwerpen, herleeft je geest meer en meer en kan je leven overeenkomstig Gods woord, door het verlangen van de Heilige Geest te volgen. Uiteindelijk zal je een persoon van de geest worden en in staat zijn om de goddelijke natuur van de Here te bereiken (Fillippenzen 2:5-8).

De hemel zoveel bezitten als dat het volbracht is in het hart

Iemand die de hemel bezit door geloof, is degene die alles verkoopt door al het kwade te verwerpen en de hemel te volbrengen in zijn hart. Uiteindelijk, wanneer de Here terugkomt, zal de hemel die een schaduw was, een realiteit worden, en hij zal de eeuwige hemel hebben. Iemand die de hemel bezit, is de rijkste persoon, ook al heeft hij alles van deze wereld weggegooid. Hoe dan ook, iemand die de hemel niet bezit, is de armste persoon, die in werkelijkheid niets heeft, ondanks dat hij alles in deze wereld heeft. Dat komt omdat alles wat je nodig hebt, in Jezus Christus is, en alles buiten Jezus Christus is waardeloos, omdat daarna alleen het eeuwige oordeel nog wacht.

Daarom volgde Matteüs Jezus, en gaf zijn beroep op. Daarom volgde Petrus Jezus en gaf zijn boot en het net op. Zelfs de apostel Paulus beschouwde alles wat hij had als vuilnis nadat hij Jezus Christus had aangenomen. De reden waarom al deze apostels dit konden doen, was omdat ze de schat wilden vinden, welke waardevoller was dan iets in de wereld, en ze groeven het op.

Op dezelfde wijze, moet je geloof met daden tonen door het ware woord te gehoorzamen en alle leugen tegen God te verwerpen. Je moet het koninkrijk der hemel in je hart volbrengen door alle leugen, zoals koppigheid, trots, en hoogmoed te verkopen, die je beschouwd hebt als een schat in je hart. Daarom zou je niet moeten kijken naar de dingen van deze wereld, maar ze ook verkopen om de hemel in je hart te verwerven en het eeuwige koninkrijk der hemelen te erven.

3. In Mijn Vaders huis zijn vele verblijfplaatsen

In Johannes 14:1-3, kan je zien dat er vele verblijfplaatsen in de hemel zijn, en dat Jezus Christus heen ging om een plaats voor jou te bereiden in de hemel.

"Uw hart worde niet ontroerd; gij gelooft in God, gelooft ook in Mij. In het huis Mijns Vaders zijn vele woningen – anders zou Ik het u niet gezegd hebben – want Ik ga heen om u plaats te bereiden; en wanneer Ik heengegaan ben en u plaats bereid heb, kom Ik weder en zal u tot Mij nemen, opdat ook gij zijn moogt, waar Ik ben."

De Here ging heen om je hemelse verblijfplaats te bereiden

De Hemel I

Jezus zei tot Zijn discipelen, de dingen die zouden gebeuren, vlak voordat Hij gevangen genomen en gekruisigd werd. Terwijl Hij naar Zijn discipelen keek, die bezorgd waren nadat ze gehoord hadden dat Judas Iskariot Hem zou verraden, de verloochening van Petrus, en de dood van Jezus, troostte Hij hen door hen te vertellen over de verblijfplaatsen van de hemel.

Dat is de reden waarom Hij zei, *"In het huis Mijns Vaders zijn vele woningen – anders zou Ik het u niet gezegd hebben – want Ik ga heen om u plaats te bereiden."* Jezus werd gekruisigd en stond echt op na drie dagen, en brak de autoriteit van de dood. Dan, na veertig dagen, ging Hij naar de hemel, terwijl vele mensen keken, om een hemelse plaats voor je te bereiden.

Wat wordt er dan bedoeld met, *"Ik ga een plaats voor je bereiden?"* Zoals geschreven staat in 1 Johannes 2:2, *"En Hij is een verzoening voor onze zonden, en niet alleen voor de onze, maar ook voor die der gehele wereld,"* dat betekent dat Jezus de muur van zonde tussen de mensen en God verbrak, dus iedereen kan de hemel door geloof bezitten.

Zonder Jezus Christus, kon de muur van zonde tussen God en jou niet omvergehaald worden. In het Oude-Testament, wanneer een mens zondigde, offerde hij een dier als verzoening voor zijn zonden. Jezus, hoe dan ook, stelde jou in staat om vergeven te worden van je zonde en om heilig te worden door Zichzelf te offeren als een eenmalig offer (Hebreeën 10:12-14).

Alleen door Jezus Christus, kan de muur van zonde tussen God en jou omvergehaald worden, en kan je de zegening ontvangen om het koninkrijk der hemelen binnen te gaan en te genieten van het mooie en gelukkige eeuwige leven.

In Mijn Vaders woning zijn vele verblijfplaatsen

Jezus zegt in Johannes 14:2, *"In het Huis van Mijn Vader zijn vele woningen."* Het hart van de Here, die wil dat iedereen gered word is vermengd met dit vers. Tussen haakjes, wat is de reden waarom Jezus zegt, "In Mijn Vaders huis," in plaats van te zeggen "In het koninkrijk der hemelen?" Dat komt omdat God geen "burgers" maar "kinderen" wil, met wie Hij zijn liefde kan delen voor eeuwig, als een Vader.

De hemel wordt geregeerd door God en is groot genoeg om alle degene die gered zijn door geloof in onder te brengen. Het is ook zo'n mooie en fantastische plaats die niet vergeleken kan worden met deze wereld. In het koninkrijk der hemelen, welke omvang onvoorstelbaar is, is de meest mooie en glorieuze plaats, het Nieuwe Jeruzalem, daar waar Gods troon gelegen is. Net zoals er een Blue House is in Seoul, de hoofdstad van Korea, en the White House in Washington, D.C., de hoofdstad van de Verenigde Staten, voor de president van ieder land om daar te wonen, is de Troon van God in het Nieuwe Jeruzalem.

Waar dan is het Nieuwe Jeruzalem? Het is in het centrum van de hemel, en het is de plaats waar de mensen van geloof, die God behaagden, voor eeuwig zullen wonen. Omgekeerd, de verste plaats van de hemel is het Paradijs. Net zoals de ene dief aan de ene zijde van Jezus, die Jezus Christus aan nam, en gered werd, zullen degene die alleen Jezus Christus aangenomen hebben en niets gedaan hebben voor het Koninkrijk van God daar verblijven.

De hemel wordt gegeven overeenkomstig de mate van geloof

Waarom heeft God zovele verblijfplaatsen in de hemel voorbereid voor Zijn kinderen? God is rechtvaardig en laat je oogsten datgene wat je gezaaid hebt (Galaten 6:7), en beloond ieder persoon overeenkomstig wat hij gedaan heeft (Matteüs 16:27; Openbaringen 2:23). Dat is de reden waarom Hij de verblijfplaatsen voorbereid heeft overeenkomstig de mate van geloof.

Romeinen 12:3 merkt op, *"Want krachtens de genade, die mij geschonken is, zeg ik een ieder onder u: koester geen gedachten, hoger dan u voegen, maar gedachten tot bedachtzaamheid, naar de mate van het geloof, dat God elkeen in het bijzonder heeft toebedeeld."*

Daarom, zou je moeten beseffen, dat de verblijfplaatsen en de glorie van ieder persoon in de hemel verschillend is, overeenkomstig de mate van zijn geloof.

Afhankelijk van de mate waaraan je het hart van God evenaart, zal je verblijfplaats in de hemel afhangen. De verblijfplaats in de eeuwige hemel zal besloten worden overeenkomstig hoeveel je de hemel al in hart hebt verworven als een geestelijk persoon.

Bijvoorbeeld, laat ons een kind en een volwassene nemen die wedijveren tijdens een sport evenement of een discussie hebben. De wereld van kinderen en dat van volwassenen zijn zo verschillend dat kinderen het al snel vervelend vinden om met volwassenen te zijn. Voor kinderen, zijn de wijze van denken, de taal en handelingen, zo verschillend van die van volwassenen. Het zou fijner zijn wanneer kinderen met kinderen spelen, jongeren met jongeren en volwassenen met volwassenen. Zo is het ook met het geestelijke. Omdat ieders geest verschillend is, heeft de God van liefde en gerechtigheid de verblijfplaatsen onderverdeeld overeenkomstig de mate van geloof, zodat Zijn kinderen gelukkig zullen leven.

De Here komt nadat Hij de hemelse verblijfplaatsen heeft bereid

In Johannes 14:3, beloofde de Here dat Hij terug zou komen en je zou brengen in het koninkrijk van de hemel nadat Hij de verblijf plaatsen in de hemel klaar heeft.

Veronderstel dat er een man is, die eens God genade ontvangen heeft, en vele beloningen in de hemel had, omdat hij getrouw was. Maar hij terug gaat naar de wegen van de wereld, afvalt van zijn redding en in de hel eindigt. En zijn vele beloningen zullen waardeloos worden. Ook al zou hij niet naar de hel gaan, kunnen zijn beloningen nog op niets uitlopen.

Soms als hij God teleurstelt door Hem te veronachten, ook al was hij eens getrouw, of wanneer hij een niveau terug gaat of op hetzelfde niveau blijft in zijn Christelijke leven, ondanks dat hij vooruitgang kon maken, zullen zijn beloningen afnemen.

En toch, zal de Here alles herinneren wat je gewerkt hebt en geprobeerd hebt om getrouw te zijn voor Gods koninkrijk. Ook, als je je hart heiligt door het te besnijden in de Heilige Geest, zal je bij de Here zijn, wanneer Hij terug komt en zal je gezegend zijn om te verblijven in een plaats stralend als de zon in de hemel. Omdat de Here wil dat alle kinderen volmaakt zijn, zegt Hij, *"Wanneer Ik heengegaan ben, en u plaats bereid heb, kom, ik weder en zal u tot Mij nemen, opdat ook gij zijn moogt, waar Ik ben."* Jezus wil dat je rein bent, net zoals de Here rein is, vasthoudende aan dit woord van hoop.

Toen Jezus Gods wil volledig had volbracht en Hem verheerlijkte, verheerlijkte God Jezus en gaf Hem een nieuwe naam: "Koning der koningen, Here der heerscharen." Op dezelfde wijze, zo vaak je God in deze wereld verheerlijkt, zal God je leiden tot glorie. Naar de mate waarin je God evenaart, en geliefd bent door God, zal je dichter bij de troon van God in de hemel leven.

De verblijfplaatsen in de hemel wachten op hun meesters, de kinderen van God, net zoals bruiden die voorbereid worden om hun bruidegommen te ontmoeten.

Dat is de reden waarom de apostel Johannes schrijft in Openbaringen 21:2, *"En ik zag de heilige stad, een Nieuw Jeruzalem, nederdalende uit de hemel, van God, getooid als een bruid, die voor haar man versierd is."*

Zelfs de beste dienst van een mooie bruid op deze aarde, kan niet vergeleken worden met het comfort en de gelukzaligheid van de verblijfplaatsen van de hemel. De huizen in de hemel hebben alles en voorzien in alles door de gedachten van hun meesters te lezen, zodat ze voor eeuwig gelukkig kunnen leven.

Spreuken 17:3 zegt, *"De smeltkroes is voor het zilver en de oven voor het goud, maar de toetser der harten is de Here."* Daarom, bid ik in de naam van de Here Jezus Christus dat je beseft dat God de mensen reinigt om ze Zijn ware kinderen te maken. Heilig jezelf met de hoop voor het Nieuwe Jeruzalem, en ga krachtig voorwaarts naar het beste van de hemel, door getrouw te zijn aan alles in Gods huis.

Hoofdstuk 5

Hoe zullen wij leven in de Hemel?

1. Een globale levensstijl in de hemel
2. Kleding in de hemel
3. Voedsel in de hemel
4. Vervoer in de hemel
5. Vermaak in de hemel
6. Aanbidding, opleiding, en cultuur in de hemel

*Er zijn lichamen aan de hemel
en lichamen op aarde,
maar de schittering van een hemellichaam
is anders dan die van een aards lichaam.
De zon heeft een andere schittering
dan de maan,
de maan weer een andere dan de sterren,
en de sterren onderling verschillen ook in
schittering.*

- 1 Korintiërs 15:40-41 -

De vreugde in de hemel kan niet vergeleken worden zelfs niet met het beste en mooiste ding hier op aarde. Zelfs als je jezelf vermaakt met je geliefden op het strand, met uitzicht op de horizon, is dit soort vreugde maar van een ogenblik en niet echt. In een hoekje van je gedachte, zijn er toch zorgen over de dingen die je tegenkomt als je terugkeert naar je dagelijkse leven. Als je dit soort leven gedurende een of twee maanden herhaalt, of gedurende een jaar, zul je spoedig verveeld raken en iets nieuws gaan zoeken.

Het leven in de hemel echter, waar alles zo helder en mooi is als kristal, is de vreugde zelf omdat ieder ding nieuw is en geheimzinnig, vreugdevol, en steeds gelukkig. Je kan fijne dingen met God de Vader en de Here beleven, of je kan van je hobbies genieten, geliefde spelletjes, en allerlei andere interessante dingen, zo veel je wilt. Laat ons eens zien hoe de kinderen van God zullen leven als ze naar de hemel gaan.

1. Een globale levensstijl in de hemel

Als je vleselijke lichaam zal veranderen in een geestelijk lichaam, dat bestaat uit de geest, ziel en lichaam in de hemel, dan zul je in staat zijn je vrouw, man, kinderen, ouders te herkennen op deze aarde. Je zult ook je herder of je kudde herkennen op deze aarde. En je zult je ook herinneren wat je vergeten bent op deze aarde. Je zult ook wijs zijn omdat je in staat bent de wil van God te begrijpen en te onderscheiden.

Sommige zullen zich verwonderen, "Zullen al mijn zonden openbaar worden in de hemel?" Dat zal niet zo zijn. Als je je al bekeerd hebt, zal God je zonden niet herinneren zover als het oosten van het westen is (Psalm 103:12) maar alleen je goede werken herinneren omdat al je zonden al vergeven zijn tegen dat je in de hemel komt.

Als je dan naar de hemel gaat, hoe zal je dan veranderen en leven.

Het hemelse lichaam

Menselijke wezens en dieren hebben hun eigen gedaante zodat ieder levend ding herkend kan worden, of het nu een olifant, een leeuw, een adelaar of een mens betreft.

Net zoals er een lichaam is met zijn eigen vorm in deze driedimensionale wereld, is er een uniek lichaam in de hemel, dat een vierdimensionale wereld is. Het wordt genoemd, het hemelse lichaam. In de hemel zul je elkaar hieraan herkennen. Nu, hoe zal een hemels lichaam eruit zien?

Als de Here terugkomt in de lucht, zal ieder van jullie veranderen in het opgestane lichaam, dat is het geestelijke lichaam. Dit opgestane lichaam zal veranderen in een hemels lichaam, wat op een hoger niveau is, na het Grote Oordeel. Overeenkomstig ieders beloning, zal het licht van de glorie dat van dat hemelse lichaam afstraalt verschillend zijn.

Een hemels lichaam heeft beenderen en vlees, zoals het lichaam van Christus net na Zijn opstanding (Johannes 20:27), maar het is een nieuw lichaam dat bestaat uit geest, ziel en een onvergankelijk lichaam. Ons vergankelijke lichaam verandert in een nieuw lichaam, door het woord en de kracht van God. Het hemelse lichaam bestaat uit eeuwige onvergankelijke, beenderen en vlees dat zal stralen omdat het verfrist en rein is. Zelfs, als iemand een arm of een been mist, of gehandicapt is, zal het hemelse lichaam herstelt worden tot een perfect lichaam.

Het hemelse lichaam is niet vaag, zoals een schaduw, maar heeft een duidelijke vorm, en is niet onder invloed van tijd of ruimte. Dat is de reden waarom, Jezus toen verscheen voor Zijn discipelen na Zijn opstanding door muren kon gaan (Johannes 20:26).

Het lichaam hier op aarde zal rimpels hebben en ruw zijn als het ouder wordt, maar het hemelse lichaam zal verfrist zijn als een onvergankelijk lichaam, zodat het altijd de jeugd zal houden en zal stralen als de zon.

De leeftijd van 33 jaar

Vele mensen vragen zich af of het hemelse lichaam even groot zal zijn als dat van een volwassene of zo klein als dat van een kind. In de hemel, zal iedereen, of hij nu jong of oud gestorven is, de leeftijd hebben van 33 jaar, de leeftijd van Jezus, toen Hij gekruisigd werd op deze aarde.

Waarom laat God je leven op 33 jarige leeftijd in de hemel? Net zoals de zon het krachtigste is op 12 uur 's middags, rond de leeftijd van 33 jaar, is het hoogtepunt van iemands leven.

Zij die jonger zijn dan 30, zijn misschien nog een beetje onervaren en onvolwassen, en zij die boven de 40 zijn, verliezen hun energie als ze ouder worden. En toch, rond de leeftijd van 33, zijn mensen volwassen en het mooist in alle opzichten.

De meesten van hen trouwen ook, baren kinderen en brengen kinderen groot, zodat ze, tot op zekere hoogte, het hart van God begrijpen, die de mensen ontwikkelt op deze aarde.

Dit is de manier dat God je verandert in een hemels lichaam zodat je de jeugd van 33 jaar, zult hebben, de mooiste leeftijd van een mens, voor eeuwig in de hemel.

Er zijn geen biologische relaties

Als je eeuwig in de hemel leeft, met de lichamelijke verschijning van de tijd waarop je de aarde verlaat, hoe grappig zou dat wel niet zijn? Laten we stellen dat een mens stierf op de leeftijd van 40 jaar en naar de hemel ging, zijn zoon ging naar de hemel op de leeftijd van 50 jaar en zijn kleinzoon stierf op de leeftijd van 90 jaar en ging naar de hemel. Wanneer ze elkaar dan ontmoeten in de hemel, zou de kleinzoon de oudste zijn en de grootvader de jongste.

Daarom in de hemel, waar God regeert met Zijn gerechtigheid en liefde, zal iedereen 33 jaar oud zijn, en zijn de biologische en lichamelijke relaties van deze aarde niet meer van toepassing.

Niemand zal een ander 'vader,' 'moeder,' 'zoon,' of 'dochter' noemen in de hemel, ook al waren zijn ouders en kinderen op deze aarde. Dat komt omdat iedereen een broer of zus is als een kind van God. Vanaf dat ze geweten hebben dat ze ouders en kinderen waren op deze aarde, en elkaar heel lief hadden, kunnen ze nog meer liefde hebben voor elkander.

Wat nu, als de moeder naar het Tweede Koninkrijk der

hemelen gaat en haar zoon naar het Nieuwe Jeruzalem? Op deze aarde, natuurlijk, moet de zoon de moeder dienen. In de hemel, echter, zal de moeder haar hoofd buigen naar haar zoon, omdat hij meer lijkt op God, de Vader, en het licht dat uit zijn hemelse lichaam komt, zal helderder zijn dan dat van haar.

Daarom noem je elkaar niet bij name en titels zoals hier op de aarde gebruikelijk is, maar God, de Vader, geeft nieuwe, passende namen die voor ieder een geestelijke betekenis hebben. Zelfs op deze aarde, veranderde God de naam Abram, naar Abraham, Sarai naar Sara, en Jacob naar Israël, dat wil zeggen dat hij gestreden had met God en overwonnen had.

Het verschil tussen man en vrouw in de hemel

In de hemel is geen huwelijk, maar er is toch een duidelijke onderscheid tussen mannen en vrouwen. Ten eerste, mannen hebben de lengte van 1m 80 tot 1m 95 en de vrouwen zijn ongeveer tien centimeter kleiner.

Sommige mensen maken zich zorgen dat hun lengte te groot of te klein zal zijn, maar er is geen reden voor deze bezorgdheid in de hemel. Er is ook geen behoefte om je zorgen te maken over je gewicht, omdat iedereen de meest passende en mooiste vorm zal hebben.

Een hemels lichaam voelt geen gewicht, zelfs als het lijkt dat het gewicht heeft, zodat als je zelfs op bloemen loopt, je ze niet platdrukt of verkreukeld. Een hemels lichaam kan niet gewogen worden, maar het is iets dat niet bewogen wordt door de wind, omdat het erg vast is. Als het gewicht heeft, zelfs al kan je het niet voelen, betekent het dat het een vorm en verschijning heeft.

Het is net zoals wanneer je een blad papier opneemt, je voelt geen enkel gewicht, maar je weet dat het iets weegt. Het haar is blond met een beetje golven. Het haar van de man reikt tot aan de nek, maar de lengte van het haar van de vrouwen, verschilt van de een met de andere. Als ze lang haar heeft, betekent dat dat ze grote beloningen ontvangen heeft, en het langste haar komt tot de taille. Daarom is het een geweldige glorie en trots om lang haar te hebben voor de vrouwen (1 Korintiërs 11:15).

Op deze aarde, hopen en proberen vrouwen, een blanke en zachte huid te hebben. Ze gebruiken cosmetische producten, om hun huid gespannen en zacht te houden zonder enige rimpels. In de hemel, zal iedereen een huid hebben, zonder vlekken, die zo wit en helder is, en straalt met het licht van glorie.

Bovendien, omdat er geen kwaad in de hemel is, is het niet nodig om make-up te dragen of om je zorgen te maken over je uiterlijke verschijning, omdat alles er prachtig uitziet daar. Het licht van glorie dat uit het hemelse lichaam komt, zal witter, helderder en stralender schijnen, overeenkomstig de mate dat een ieder geheel geheiligd en lijkt op het hart van de Here. Dus, de rang wordt hierdoor besloten en gehandhaafd.

Het hart van hemelse mensen

De mensen met het hemelse lichaam hebben het hart van de geest zelf, wat in de goddelijke natuur is en geheel geen kwaad heeft. Net zoals mensen datgene willen hebben en aanraken, wat goed en mooi is op deze aarde, wil zelfs het hart van de mensen met het hemelse lichaam de schoonheid van anderen voelen, naar hen kijken en hen aanraken met vreugde. Er is echter geen hebzucht of afgunst.

Dus mensen veranderen overeenkomstig hun eigen behoefte op deze aarde, en ze voelen zich vermoeid door de dingen, zelfs als het prettige en goede dingen zijn. Het hart van de mensen met het hemelse lichaam is niet sluw en veranderd nooit.

Bijvoorbeeld, de mensen op deze aarde, als ze arm zijn, kunnen zelfs voedsel wat goedkoop en een lage kwaliteit heeft, lekker vinden. Als ze wat rijker worden, zijn ze niet tevreden, met datgeen wat zij van te voren lekker vonden, en blijven zoeken naar beter voedsel. Als je voor een kind een stuk speelgoed koopt, zijn ze in het begin erg blij, maar na enkele dagen, zijn ze erop uitgekeken en zoeken naar iets nieuws. In de hemel, echter, is zo'n gedachte niet. Dus als je eenmaal iets leuk vind in de hemel, zal je het voor eeuwig leuk vinden.

2. Kleding in de hemel

Sommige zullen denken dat kleding in de hemel hetzelfde is, maar dat is niet het geval. God is de Schepper, en de Rechtvaardige Rechter, die teruggeeft, overeenkomstig wat je gedaan hebt. Daarom, net zoals beloningen in de hemel verschillend zijn, zijn ook de kleren verschillend overeenkomstig de daden die je gedaan hebt op deze aarde (Openbaringen 22:12). Dus, wat voor soort kleren, zal je aanhebben en hoe presenteer je ze in de hemel?

Hemelse kleren met verschillende kleuren en patronen

In de hemel, draagt iedereen in principe, stralende, witte en glanzende kleren. Ze zijn zacht als zijde, net zo licht alsof ze geen gewicht hebben en vallen prachtig.

Omdat de mate waarin ieder van ons geheiligd is, verschillend is, is het licht dat van de kleren komt en de helderheid ook verschillend. Hoe meer iemand op Gods hart lijkt, hoe helderder en schitterender zijn kleren zullen schijnen.

Dus afhankelijk van de opbrengst van het werk voor het Koninkrijk van God en Hem erende, zullen verschillende soorten kleren met verschillende patronen en materialen overeenkomstig gegeven worden.

Op deze aarde, dragen mensen verschillende kleding overeenkomstig hun sociale en economische status. Zo ook in de hemel, zal je kleding dragen met meer kleuren en patronen, als je in een hogere positie komt in de hemel. Ook de haarstijlen en accessoires zijn verschillend.

Bovendien, vroeger herkende men elkaars sociale stand, door alleen maar te kijken naar de kleuren van hun kleren. Op dezelfde manier herkennen hemelse mensen de positie en de inhoud van de beloning, welke aan een ieder in de hemel gegeven is. Kleren dragen met bepaalde kleuren en patronen, betekent, dat hij een grotere glorie ontvangen heeft.

Daarom, ontvangen degene die het Nieuwe Jerzalem binnengegaan zijn of veel voor het koninkrijk van God gedaan hebben, de mooiste, kleurrijkste en schitterenste klederen.

Aan de ene kant, als je niet veel voor het koninkrijk van God gedaan hebt, zal je maar een paar kledingstukken in de hemel ontvangen. Aan de andere kant, als je veel gewerkt hebt met geloof en liefde zal je in staat zijn om talloze kleren te ontvangen van allerlei kleuren en patronen.

Hemelse kleding met verschillende decoraties

God zal kleren geven met verschillende decoraties om de glorie van elkaar te laten zien. Net zoals een koninklijke familie, uit het verleden, hun posities lieten zien door speciale decoraties op hun kleren te plaatsen, zullen de kleren in de hemel verschillende decoraties hebben die iemands positie en glorie laten zien.

Er zijn decoraties van danken, lofprijs, gebed, vreugde, glorie en zo verder die op de kleding in de hemel genaaid kunnen worden. Wanneer je lofprijst in dit leven met een dankbare gedacht, voor de liefde en genade van God, de Vader en de Here, of wanneer je zingt om God te verheerlijken, ontvangt Hij je hart als een krachtig reukwerk en Hij zet de decoratie voor lofprijs op je kleren in de hemel.

De decoraties van vreugde en dank zal prachtig geplaatst worden voor de mensen die waarlijk vreugdevol en dankbaar in hun harten waren, door de herinnering van de genade van God de Vader, die eeuwig leven gegeven heeft en het Koninkrijk der hemelen, zelfs tijdens zorgen en beproevingen op deze aarde.

Vervolgens, zal de decoratie van gebed, geplaatst worden voor degene die met hun leven voor het koninkrijk van God gebeden hebben. Onder al deze, is de mooiste decoratie, de decoratie van glorie. Deze is het moeilijkste te verdienen. Deze wordt alleen gegeven aan hen die alles gedaan hebben voor de glorie van God, met een waarachtig hart. Net zoals een koning of een president een speciale medaille of ere medaille geeft aan een soldaat, die buitengewone diensten gedaan heeft, wordt deze decoratie van glorie speciaal gegeven aan hen die inspannend en zoveel voor het koninkrijk van God gedaan hebben en grote eer aan Hem gaven. Daarom, is hij die de kleren met de decoratie van glorie heeft het meest eervolle in het koninkrijk van de hemel.

Beloningen van kronen en edelstenen

Er zijn talloze edelstenen in de hemel. En sommige edelstenen worden als beloning gegeven en op kleding gezet. In het boek Openbaringen kan je lezen dat de Here een gouden kroon draagt en een sjerp om Zijn borst heeft, en dit zijn ook beloningen die Hem gegeven zijn door God.

De Bijbel vermeld vele soorten kronen. De voorwaarden om kronen te ontvangen en de waarde van de kronen zijn verschillend omdat ze gegeven worden als beloningen.

Er worden vele soorten kronen gegeven overeenkomstig ieders daden zoals een onvergankelijke kroon gegeven wordt aan hen die deelnemen aan de wedstrijd (1 korintiërs 9:25), de kroon van glorie wordt gegeven aan degene die God verheerlijkt hebben (1 Petrus 5:4), de kroon des levens wordt gegeven aan degene die getrouw zijn zelfs tot de dood (Jakobus 1:12; Openbringen 2:10, de gouden kronen die de 24 oudsten dragen, rondom de troon van God, (Openbaringen 4:4; 14:14), en de kroon van gerechtigheid, waar Paulus naar uitreikte (2 Timoteüs 4:8).

Er zijn ook kronen van vele vormen die gedecoreerd zijn met edelstenen, zoals de met goud-gedecoreerde kronen, de kroon van bloemen, de kroon van parels, enzovoort. Aan het soort kroon die iemand ontvangt, kan je zijn heiligheid en beloningen erkennen.

Op deze aarde kan iedereen edelstenen kopen, als hij geld heeft, maar in de hemel kan je alleen maar edelstenen hebben als je ze als beloning ontvangen hebt. Factoren zoals het aantal mensen die je tot redding geleid hebt, het bedrag aan offeringen wat je met een waar hart hebt gegeven, en de mate van je getrouwheid bepalen de verschillende soorten beloningen die gegeven worden. De edelstenen en kronen moeten daarom verschillend zijn, omdat ze gegeven zijn overeenkomstig ieders daden. Ook, het licht, schoonheid, pracht en het aantal edelstenen en kronen zijn verschillend.

Het is hetzelfde met de verblijfplaatsen en huizen in de hemel. De verblijfplaatsen verschillen overeenkomstig naar ieders geloof; de grootte, schoonheid, glans van goud en andere edelstenen voor de persoonlijke huizen zijn allen verschillend. Je zal een duidelijker beeld van deze verblijfpplaatsen hebben in de hemel, in hoofdstuk 6 en verder.

3. Voedsel in de Hemel

Toen de eerste mens Adam en Eva in de Hof van Eden leefden, aten ze alleen fruit en zaaddragende planten (Genesis 1:29). Toen Adam, echter uit de Hof van Eden verdreven werd, omdat hij ongehoorzaam was, moesten ze de planten van de velden eten. Na de grote vloed, konden de mensen ook vlees eten. Op deze manier, terwijl de mens boosaardiger werd, is ook het soort voedsel overeenkomstig veranderd.

Wat zul je dan eten in de hemel, waar helemaal geen kwaad meer is? Sommigen vragen zich misschien af, of het hemelse lichaam ook moet eten. In de hemel, kan je het water des levens drinken en vele soorten vruchten eten en ruiken om vreugde te ontvangen.

De ademhaling van het hemelse lichaam

Als wij mensen op aarde adem halen, halen hemelse lichamen adem in de hemel. Natuurlijk, hoeft het hemelse lichaam in het geheel niet te ademen, maar het kan rusten terwijl het ademt, op dezelfde manier als op deze aarde. Dus het kan niet alleen ademen met de neus en de mond, maar ook met zijn ogen of andere lichaamscellen, of zelfs het hart.

God ademt de wierook van ons hart, omdat Hij Geest is. Hij is verheugd over de offers van rechtvaardige mensen en reukt de zoete geur van hun harten in Oud-testamentische tijden (Genesis 8:21). In het Nieuwe Testament, gaf Jezus, die zuiver en vlekkeloos was, Zichzelf voor ons, een offer aan God als een geurig aroma (Efeziërs 5:2).

Daarom, ontvangt God het aroma van je hart, als je aanbid, bidt of lofzingt met een waar hart. Zo vaak je op de Here lijkt, en rechtvaardig wordt, kan je de geur van Christus verspreiden, en worden als een kostbaar offer aan God terugontvangen. God ontvangt je lofprijs en gebeden met vreugde, door de ademhaling.

In Matteüs 26:29, zie je dat de Here voor je bidt, sinds Hij opgevaren is naar de hemel, zonder de laatste twee milleniums gegeten te hebben. Evenzo, kan het hemelse lichaam, zonder eten of ademhaling in de hemel. Jij zelf zult voor eeuwig leven als je naar de hemel gaat, want je zal veranderen in een geestelijk lichaam dat nooit vergaat.

Wanneer het hemelse lichaam echter ademhaalt, kan het meer vreugde en blijdschap voelen en de geest wordt verjongd en vernieuwd. Net zoals mensen hun dieet in evenwicht houden om gezond te blijven, geniet het hemelse lichaam van de inademing van het geurige aroma in de hemel.

Dus, net zoals vele soorten bloemen en vruchten hun eigen geur geven, ademt het hemelse lichaam de geur in. Zelfs als de bloemen dezelfde geur geven, op dezelfde tijd, zal het altijd opnieuw gelukzalig en bevredigend zijn.

Bovendien, wanneer een hemels lichaam de prachtige geur van bloemen en fruit ontvangt, trekt het aroma in het lichaam als een parfum. Het lichaam geeft de geur af totdat het geheel verdwenen is. Als je je goed voelt, als je een parfum aanbrengt hier op deze aarde, zo voelt het hemelse lichaam zich prettiger om te ruiken, vanwege de prachtige geur.

Vrijkomen door de adem

Hoe, eten en gaan mensen door met hun leven in de hemel? In de Bijbel zie je dat de Here voor de discipelen verschijnt na de opstanding, en zowel uitademde (Johannes 20:22) alsook voedsel nam (Johannes 21:12-15). De reden dat de opgestane Heer iets at, was niet omdat Hij hongerig was, maar om de vreugde met de discipelen te delen en om hen te laten weten dat je in de hemel ook zal eten als een hemels lichaam. Dat is de reden waarom de Bijbel vermeldt dat Christus Jezus brood en vis at als ontbijt, na Zijn opstanding.

Waarom dan, vertelt de Bijbel je dat de Here uitademde, zelfs na Zijn opstanding? Als je eten in de hemel hebt, lost het onmiddellijk op en verdwijnt door de adem. In de hemel, valt het voedsel direct uiteen en verlaat het lichaam door de adem. Dus er is geen behoefte aan uitscheiding of toiletten. Hoe aangenaam en wonderlijk is het dat het verbruikte voedsel het lichaam verlaat door de adem als een geur en oplost!

4. Vervoer in de hemel

Door de geschiedenis van de mensheid, als de ontwikkeling en wetenschappen sneller en sneller vooruitgaan, zijn comfortabelere manieren van vervoer zoals karren, rijtuigen, automobielen, schepen, treinen, vliegtuigen uitgevonden.

Ook in de hemel zijn er vele soorten van transport. Er is een openbaarvervoersysteem zoals de trein van de hemel en particuliere soorten van vervoer, zoals wolken auto's en gouden rijtuigen.

In de hemel, kan het hemelse lichaam heel snel gaan of zelfs vliegen, omdat het buiten ruimte of tijd gaat, maar het is leuker en aangenamer om het vervoer te gebruiken dat je als beloning gegeven is.

Reizen en vervoer in de hemel

Hoe gelukzalig en vreugdevol zou het zijn, als je kan reizen en overal in de hemel kan rondkijken en alle prachtige en wonderbaarlijke dingen kan zien die God gemaakt heeft! Elke hoek van de hemel heeft een unieke schoonheid, en je kan dus van elk deel ervan genieten. En toch omdat het hart van het hemelse lichaam nooit veranderd, verveeld het zich nooit en raakt niet vermoeid, om dezelfde plaats steeds weer te bezoeken. Dus reizen in de hemel is altijd plezierig en interessant om te doen.

Het hemelse lichaam behoeft niet noodzakelijk afhankelijk te zijn van een of ander soort van vervoer, omdat het nooit uitgeput raakt en zelfs kan vliegen. Hoe dan ook, het gebruik van verschillende voertuigen, maakt het allemaal comfortabeler. Het is net zoals rijden met een bus, comfortabeler is dan lopen, en rijden met een taxi of met een auto is een beetje comfortabeler dan met een bus te rijden of met de metro op deze aarde.

Dus als je rijdt met de trein van de hemel, die versierd is met vele kleuren edelstenen, kan je naar je bestemming gaan, zelfs zonder enige spoorweg, en het kan vrij bewegen naar links en naar rechts en zelfs naar boven en beneden.

Als de mensen in het Paradijs naar het Nieuwe Jeruzalem gaan, zullen ze met de trein van de hemel gaan, omdat de twee plaatsen op een flinke afstand van elkaar liggen. Dit is een grote sensatie voor de passagiers. Vliegende door helder licht, kunnen ze het prachtige landschap van de hemel door de ramen zien. En ze voelen zich nog gelukkiger bij de gedachte om God, de Vader te zien.

Tussen het vervoer in de hemel, is een gouden rijtuig, die een speciaal persoon vervoert in het Nieuwe Jeruzalem als hij door de hemel gaat. Het heeft witte vleugels en er is een knop aan de binnenzijde. Met die knop, beweegt het geheel automatisch en kan het rijden of vliegen, zoals de eigenaar wenst.

Wolken auto's

De wolken in de hemel zijn als een decoratie toegevoegd aan de schoonheid van de hemel. Dus wanneer de hemelse lichamen naar de plaatsen gaan, met de wolken omringt, straalt het lichaam meer dan dat het zonder de wolken zou gaan. Het kan er ook voor zorgen dat anderen de waardigheid, glorie en autoriteit van het geestelijke lichaam, dat omhult wordt met de wolken, voelen en vereren.

De Bijbel zegt dat de Here komt op de wolken (1 Tessalonnissenzen 4:16-17), en dit is omdat het komen op de wolken van glorie veel majestieuzer, waardiger, en mooier is, dan komen in de lucht zonder iets. Op dezelfde manier bestaan de wolken in de hemel, om de glorie aan de kinderen van God toe te voegen.

Als je gekwalificeerd bent om het Nieuwe Jeruzalem binnen te gaan, kan je de meest wonderlijk wolken auto bezitten. Het is niet een wolk geformeerd door damp, zoals hier op aarde, maar het is gemaakt van de wolk van glorie in de hemel.

De wolken auto, toont de glorie, de waardigheid en autoriteit van zijn eigenaar. Niet iedereen kan echter een wolken auto bezitten, omdat het alleen gegeven wordt aan degene die gekwalificeerd zijn om het Nieuwe Jeruzalem binnen te gaan, door geheel geheiligd te worden en getrouw te zijn in geheel Gods huis.

Degene die het Nieuwe Jeruzalem binnengaan kunnen overal met de Here rijden op deze wolken auto. Tijdens de rit, begeleiden en dienen een hemelse menigte en engelen hen. Het is net zoals vele bedienaren een koning of prins dienen als hij onderweg is. Daarom, tonen de begeleidende en dienende hemelse menigte en engelen de autoriteit en glorie van de eigenaar. De wolken auto's worden meestal bestuurd door engelen. Er zijn een zitters voor privé gebruik of veelzitters waarin vele mensen samen kunnen rijden. Wanneer iemand in het Nieuwe Jeruzalem golf speelt en rond het veld beweegt, komt er een wolken auto en stopt aan de voeten van de meester. Wanneer hij instapt, beweegt het voertuig zich in een moment zeer soepel naar de bal.

Stel je voor dat je in de lucht vliegt, rijdende in een wolken auto, met de begeleiding van de hemelse menigte en engelen in het Nieuwe Jeruzalem. Stel je ook voor dat je aan het rijden bent met een wolken auto met de Here, of je reist door de onmetelijke grote hemel, met de trein van de hemel, met je geliefden. Je zal dan waarschijnlijk overspoeld zijn met vreugde.

5. Vermaak in de Hemel

Velen denken dat er niet veel plezier is om als een hemels lichaam te leven, maar dat is niet zo. In deze vleselijke wereld word je er moe van en kan je niet tevreden worden met de vreugde, maar in de geestelijke wereld, geeft vreugde altijd een nieuw en verfrissend gevoel.

Zelfs in deze wereld, hoe meer je tot stand brengt in de geest, hoe groter de liefde is die je kan ervaren en des te gelukkiger ben je. In de hemel, kan je niet alleen genieten van je hobbies, maar ook van allerlei amusement en het is veel verheugender dan welke vorm van amusement hier op aarde.

Geniet van hobbies en spel

Net zoals de mensen op deze aarde hun talenten ontwikkelen en hun leven verrijken door hun hobbies, kan je ook hobbies hebben in de hemel en er van genieten. Je kan het niet alleen aantrekkelijk maken zoals op deze aarde, maar evenzo in de hemel. Je kan het niet alleen zo prettig maken zoals hier op aarde, maar ook de dingen die je opzij hebt gezet om Gods werk te kunnen doen, kan je nu zoveel doen als je wil. Je kan ook nieuwe dingen leren.

Zij die in muziek instrumenten geïntresseerd zijn, kunnen God behagen door op de harp te spelen. Of je kan leren piano te spelen, fluit, of vele andere instrumenten, en je kan het heel snel leren omdat ieder veel wijzer is in de hemel.

Je kan ook praten met de natuur en hemelse dieren om je te vermaken. Zelfs planten en dieren herkennen de kinderen van God, heten ze welkom, en drukken hun liefde en respect voor hun uit.

Verder kan je van vele sporten genieten, zoals tennis, basketbal, bowling, golf, en zweefvliegen, maar geen sporten als worstellen, of boksen, die anderen pijn kunnen doen. De voorzieningen en uitrusting zijn in het geheel niet gevaarlijk. Ze zijn gemaakt van een buitengewoon materiaal en gedecoreerd met goud en juwelen om meer vreugde en plezier te geven terwijl je van sport geniet.

Ook de sportuitrusting geven de harten van de mensen weer en geven veel plezier. Bijvoorbeeld, als je van bowling houdt, veranderen de kleur van de bal en kegels, en zetten hun plaats en afstand zoals jij dat wil. De kegels vallen met een prachtig licht en een vrolijk geluid. Als je van je partner wil verliezen, bewegen de kegels overeenkomstig jouw verlangen en maken je blijer.

In de hemel is geen kwaad dat wil winnen of iemand verslaan. Anderen laten winnen geeft veel meer plezier. Iemand heeft er misschien vragen over de wedstrijd die niemand wint of verliest, maar in de hemel heb je geen vreugde om van iemand te winnen. De wedstrijd zelf is het plezier.

Natuurlijk zijn er wel wedstrijden waarbij je plezier hebt door een goede en eerlijke competitie. Er is bijvoorbeeld een spel waarbij je wint overeenkomstig hoeveel geur je inademt van bloemen, en hoe je mengsel op de beste manier de beste geur afgeeft, en zo verder.

Verschillende soorten amusement

Enkele van hen die van wedstrijden houden vragen of er zoiets als een speelautomatenhal in de hemel is. Natuurlijk zijn er vele spelen die vreugdevoller zijn dan hier op aarde.

De spelen in de hemel, niet vergelijkbaar met die van deze aarde, maken je nooit moe of geven vermoeiende ogen. Je vindt ze ook niet saai. In plaats daarvan, maken ze je jeugdig, en geven je daarna vrede. Wanneer je wint, of de beste resultaten hebt, heb je het meeste plezier, en je verliest nooit je interesse ervoor.

De mensen in de hemel zijn in hemelse lichamen, dus ze zijn nooit bang om van de rails te vallen in de pretparken, zoals van de achtbanen. Ze voelen alleen de sensatie en het plezier. Zelfs degene die een acrofobie hebben op deze aarde, kunnen in de hemel van deze dingen genieten, zoveel als ze maar willen.

Zelfs als je uit de roetsjbaan valt, raak je niet gewond, omdat je een hemels lichaam hebt. Je kan heel veilig landen, zoals een meester van enkele oorlogskunstwerken, of de engelen zullen je beschermen. Dus stel je voor, rijdende op een roetsjbaan, schreeuwen met de Here, en al je geliefden. Hoe gelukzalig en verrukkelijk zal dat zijn!

6. Aanbidding, opleiding, en cultuur in de hemel

Er is geen behoefte om te werken voor voedsel, kleding en huisvesting in de hemel. Dus sommigen zullen verbaasd zijn"wat zullen wij daar eeuwig doen? Zullen we niet hopeloos, nutteloos wegdrijven?" Er is echter niets om ons zorgen te maken.

In de hemel zijn zo veel dingen dat je je blij kunt verheugen. Er zijn allerlei interessante en opwindende dingen, activiteiten en evenementen zoals wedstrijden, opleidingen, lofprijs diensten, recepties en festivals, reizen en sporten.

Je bent niet verplicht of gedwongen deel te nemen aan deze activiteiten. Ieder doet alles vrijwillig, en met vreugde, omdat alles wat je doet, je een geweldige vreugde geeft.

Aanbidding met vreugde voor God, de Schepper

Net zoals je de diensten en de aanbidding van God op speciale tijden bezoekt op deze aarde, aanbidt je God ook in de hemel, op bepaalde tijden. Natuurlijk preekt God de boodschap en door Zijn boodschap, kan je leren over Gods oorsprong en geestelijk omgeving, die noch begin, noch eind hebben.

Over het algemeen, zullen zij die uitmuntend zijn in hun studies, naar de klas uitzien en de leraar. Zelfs in het leven van geloof, zien zij, die God liefhebben en aanbidden in Geest en waarheid, er naar uit verschillende lofprijs diensten te hebben en te luisteren naar de stem van de Herder, die het woord des levens predikt.

Als je naar de hemel gaat, heb je de vreugde en blijdschap van God aanbidden en ziet ernaar uit om Gods woord te horen. Je kan naar Gods woord luisteren door de diensten, je hebt tijd om met God te praten of naar het Woord des Heren te luisteren. Er zijn ook tijden van gebed. Je knielt echter niet neer of bidt met je ogen gesloten, zoals je hier op aarde doet. Het is de tijd om met God te praten. Gebeden in de hemel zijn gesprekken met God, de Vader, de Here en de Heilige Geest. Hoe gelukzalig en verrukkelijk zullen deze tijden zijn!

Je kan ook God prijzen zoals je hier op aarde doet. Het is echter niet in een taal van deze aarde, maar je zal God prijzen met nieuwe liederen. Zij die samen door de beproevingen of leden van dezelfde kerk op deze aarde zijn, gaan tesamen met hun herder om te aanbidden en een tijd van broederlijke omgang te hebben.

Hoe dan aanbidden de mensen samen in de hemel, vooral omdat hun verblijfplaatsen op verschillende plaatsen in de hemel zijn? In de hemel, verschillen het licht van hemelse lichamen op elke verblijfplaats, zodat ze de geschikte kleren lenen om naar andere hogere plaatsen te gaan. Daarom om een aanbiddingsdienst bij te wonen die gehouden wordt in het Nieuwe Jeruzalem, welke bedekt is met het licht van glorie, moeten alle mensen van de andere plaatsen de gepastte kleren lenen.

Tussen haakjes, net zoals je dezelfde samenkomst kan bijwonen en zien via satelieten over de hele aarde, op dezelfde tijd, zo kan je hetzelfde hebben in de hemel. Je kan de dienst die gehouden wordt in het Nieuwe Jeruzalem bijwonen en zien vanaf andere plaatsen in de hemel, maar het scherm in de hemel is zo natuurlijk, dat je zal voelen alsof je persoonlijk de samenkomst bezoekt.

Zo, kan je ook voorvaders van het geloof, zoals Mozes en de apostel Paulus uitnodigen en samen aanbidden. Je moet echter een gepaste geestelijke autoriteit hebben om deze nobele figuren uit te nodigen.

Leren over nieuwe en diepe geestelijke geheimen

De kinderen van God leren vele geestelijke dingen terwijl ze zich hier op aarde ontwikkelen, maar wat ze hier leren is alleen maar een stap om naar de hemel te gaan. Nadat ze de hemel binnengegaan zijn, beginnen ze te leren over de nieuwe wereld.

Bijvoorbeeld, wanneer gelovigen van Jezus Christus sterven, behalve voor degene die naar het Nieuwe Jeruzalem gaan, verblijven zij in het gebied op de grens van het Paradijs, en daar beginnen ze te leren de etikettes en regels in de hemel, van de engelen.

Net zoals mensen op deze aarde moeten leren zich aan te

passen aan de gemeenschap als ze opgroeien, om te kunnen leven in de nieuwe wereld van de geestelijke ruimte, moet je in detail leren hoe je te gedragen.

Sommigen vragen zich misschien af waarom ze nog leren in de hemel, terwijl ze al veel geleerd hebben op deze aarde. Leren op deze aarde is een geestelijk trainingsproces, en het echte leren begint pas nadat je de hemel bent binnengegaan.

Dus, er is geen einde aan het leren, omdat Gods koninkrijk eindeloos is en voor eeuwig duurt. Het doet er niet toe hoeveel je leert, je kan niet alles leren over God, die er al was voor het begin. Je kan nooit de diepte van God kennen, die al eeuwig aanwezig is, die het hele universum bestuurd en alle dingen die daar in zijn, en die daar voor eeuwig zullen zijn.

Daarom, kan je beseffen dat er talloze dingen zijn om te leren, wanneer je in de grenzeloze geestelijke ruimte gaat, en geestelijk leren is erg interessant en leuk, in tegenstelling tot sommige studies in deze wereld.

Bovendien, is geestelijk leren niet verplicht en er is nooit een toets. Je vergeet nooit wat je geleerd hebt, dus het is nooit vermoeiend en zwaar. Je zal je nooit vervelen of nutteloos voelen in de hemel. Je zal juist blij zijn om wonderbaarlijke en nieuwe dingen te leren.

Feestjes, bankets, en voorstellingen

Er zijn ook vele soorten feestjes en voorstelling in de hemel. Deze feestjes zijn de hoogtepunten van plezier in de hemel. Het is daar waar je vreugde en plezier hebt door te kijken naar de rijkdom, vrijheid, schoonheid en glorie van de hemel in één

De Hemel I

oogopslag. Net zoals mensen op deze aarde zichzelf op z'n mooist maken om naar grote feesten te gaan, en eten en drinken en genieten van de beste dingen, kan je feestjes hebben met mensen die zich mooi gemaakt hebben. De feesten zijn vervuld met mooie dansen, liederen en geluid van lachen van blijdschap.

Er zijn ook plaatsen als Carnegie Hall in New York City of het Opera House in Sydney, Australia waar je kan genieten van allerlei voorstellingen. De voorstellingen in de hemel zijn niet om op te scheppen maar om God te verheerlijken, en geeft vreugde en blijdschap aan de Here en dat te delen met anderen.

De zangers zijn meestal degenen die God enorm vereren met lofprijs, dans, muziekinstrumenten, en spelen op deze aarde. Soms mogen deze mensen dezelfde muziek brengen als op aarde. Of, zij die deze dingen op aarde wilden doen, maar het niet konden doen onder de gegeven omstandigheden, kunnen God prijzen met nieuwe liederen en nieuwe dansen in de hemel.

Ook, zijn er bioscopen waarin je films kunt zien. In het Eerste of Tweede Koninkrijk kijken ze meestal naar films in openbare theaters. In het Derde Koninkrijk en het Nieuwe Jeruzalem heeft iedere bewoner zijn eigen mogelijkheid in zijn huis. Mensen kunnen zelf films zien of kunnen hun geliefden uitnodigen om naar een film te kijken terwijl ze van snacks genieten.

In de Bijbel, is de Apostel Paulus in de Derde Hemel geweest, maar kon het niet openbaren aan anderen (2 Korintiërs 12:4). Het is heel moeilijk om de mensen de hemel te laten begrijpen omdat het geen wereldse kennis of begrip is voor mensen. In plaats daarvan is de kans groot dat de mensen het verkeerd begrijpen.

De hemel behoort in de geestelijke ruimte. Er zijn zovele dingen die je niet kan begrijpen of voor kan stellen in de hemel, waar het vol is van vreugde en plezier, die je nooit op deze aarde kan ervaren.

God heeft zo'n prachtige hemel bereid voor je om te leven, en Hij moedigt je aan om de juiste voorwaarden te hebben om binnen te gaan, door de Bijbel.

Daarom bid ik in de naam van de Here, dat je de Here met vreugde kan ontvangen met de juiste voorwaarden, die nodig zijn om gereed te zijn als Zijn prachtige bruid, als Hij wederkomt.

Hoofdstuk 6

Het Paradijs

1. De schoonheid en gelukzaligheid van het Paradijs
2. Wat voor soort mensen gaan naar het Paradijs?

*En (Jezus) zeide tot hem,
"Voorwaar, Ik zeg u,
heden zult gij met Mij
in het Paradijs zijn."*

- Lucas 23:43 -

Al degene die in Jezus Christus geloven als hun persoonlijke Redder en wiens namen opgeschreven staan in het boek des levens, zullen in staat zijn om te genieten van het eeuwige leven in de hemel. Ik heb al reeds uitgelegd, dat er echter trappen in de groei van geloof zijn, en de verblijfplaatsen, kronen en beloningen die in de hemel gegeven worden hangen af van ieders mate van geloof.

Degene die meer Gods hart evenaren zullen dichter bij Gods troon leven, en hoe verder ze verblijven van Gods troon, des te minder evenaren zij Gods hart.

Het Paradijs is de verste plaats van Gods troon, welke het minste licht van Gods glorie heeft, en het is het laagste niveau van de hemel. En toch, is het onvergelijkelijk mooier dan deze aarde, zelfs nog mooier dan de Hof van Eden.

Wat voor een soort plaats is het Paradijs dan en wat voor soort mensen gaan daar heen?

1. De schoonheid en gelukzaligheid van het Paradijs

Het gebied aan de grens van het Paradijs wordt gebruikt als de Wacht plaats totdat de dag van het Grote Oordeel van de Witte Troon zal plaatsvinden (Openbaringen 20:11-12). Behalve voor degene die al in het Nieuwe Jeruzalem zijn, nadat zij Gods hart verworven hebben, en aan het helpen zijn met Gods werken, wachten alle anderen die gered zijn vanaf het begin in de gebieden op de grens van het Paradijs.

Dus je kan je voorstellen dat het Paradijs zo breed is, dat de gebieden rondom de grens gebruikt worden als de Wacht Plaats voor zo vele mensen. Ondanks dat het Paradijs het laagste niveau van de hemel is, is het nog steeds een ongelijkelijke mooiere en gelukkigere plaats dan deze aarde, de plaats vervloekt door God.

Bovendien, omdat het een plaats is waar degene die ontwikkeld zijn op deze aarde binnen zullen gaan, is er zoveel meer gelukzaligheid en vreugde dan in de Hof van Eden, waar de eerste Adam leefde.

Laat ons nu eens een kijkje nemen naar de schoonheid en gelukzaligheid van het Paradijs, welke God geopenbaard en bekend gemaakt heeft.

Grote vlaktes vol van mooie dieren en planten

Het Paradijs is als een grote vlakte, en er zijn vele goed-georganiseerde grasmatten en mooie tuinen. Vele engelen onderhouden en verzorgen deze plaatsen. Het zingen van de vogels is zo duidelijk en zuiver, en ze echoën doorheen het hele paradijs. Ze lijken bijna op de vogels van deze aarde, maar ze zijn een klein beetje groter en hebben mooiere veren. Hun gezangen in groep is zo lieflijk.

Ook, de bomen en bloemen in de tuinen zijn zo vers en prachtig. De bomen en bloemen van deze aarde verdorren met de voortgang van de tijd, maar de bomen zijn altijd groen en de bloemen in het Paradijs verdorren nooit. Wanneer mensen ze benaderen, lachen de bloemen, en soms geven ze hun unieke mengsel van geuren op een afstand.

Verse bomen dragen vele soorten vruchten. Ze zijn een klein beetje groter dan de vruchten van deze aarde. De schillen glanzen en ze zien er verrukkelijk uit. Je hoeft de schil niet te verwijderen omdat er geen stof of wormen zijn. Hoe mooi en gelukzalig zou het zijn wanneer je mensen in zo'n plaats ziet zitten op een mooie vlakte en gesprekken hebben, met manden vol van heerlijk en smakelijke vruchten?

Er zijn ook vele dieren in de grote vlakte. Onder hen zijn leeuwen die vredevol liggen te eten in het gras. Ze zijn veel groter dan de leeuwen op de aarde, maar zijn helemaal niet aggressief. Ze zijn zo lieflijk, omdat ze een zachtaardig karakter hebben en zuiver, glanzende haren.

De rivier van het Water des levens stroomt rustig

De rivier van het water des levens stroomt door de hemel, van het Nieuwe Jeruzalem naar het Paradijs, en het verdampt nooit of wordt nooit vervuild. Het water van deze rivier, welke oorspronkelijk van de troon van God komt, verfrist alles wat het hart van God representeerd. Het is een heldere en mooie gedachte die zonder vlek is, onberispelijk en stralend zonder enige duisternis. Het hart van God is volmaakt en volkomen in alles.

De rivier van het water des levens, welke rustig stroomt, is als fonkelend zeewater op een zonnige dag, die de zonnestralen weerspiegeld. Het is helder en transparant dat het niet vergeleken kan worden met enig water op deze aarde. Kijkende van op een afstand, lijkt het blauw, en het lijkt op de diepblauwe zee van de Middenlandse Zee of de Atlantische Oceaan.

Er zijn mooie banken aan beide zijden van de weg van de Rivier van het water des levens. Rondom de banken zijn bomen des levens die iedere maand hun vrucht geven. De vruchten van de boom des levens zijn groter dan de vruchten van deze aarde, en ze ruiken en smaken zo verrukkelijk, dat ze niet nauwkeurig beschreven kunnen worden. Ze ruiken naar suikerspin, wanneer je een van hen in je mond doet.

Geen persoonlijke bezittingen in het Paradijs

Ze dragen witte klederen die als een stuk gewoven zijn, maar er is geen enkele decoratie zoals een brush voor de klederen of een kroon of haarspeld voor het haar. Dat komt omdat ze niets gedaan hebben voor het Koninkrijk van God toen ze op deze aarde leefden.

Evenzo, omdat al degene die naar het paradijs gaan, geen beloningen hebben, is er geen persoonlijk huis, kroon, decoraties, of engelen aangewezen om hen te dienen. Er is alleen een plaats voor de geesten die leven in het paradijs om te verblijven. Ze leven in de plaats en dienen elkaar.

Het lijkt op de Hof van Eden, waar geen persoonlijk huis is voor elke bewoner, maar er is een veelbetekend verschil in de grootte van gelukzaligheid tussen de twee plaatsen. Mensen in het Paradijs kunnen God "Abba Vader" noemen, omdat ze Jezus Christus hebben aangenomen en de Heilige Geest ontvangen hebben, dus ze voelen een gelukzaligheid die niet vergeleken kan worden met de gelukzaligheid van de Hof van Eden.

Daarom is het zo'n zegening en kostbaar ding dat je geboren

bent in deze wereld, allerlei soorten goede en slechte dingen ervaart, ware kinderen van God wordt, en geloof hebt.

Het Paradijs is vol gelukzaligheid en vreugde

Zelfs het leven in het Paradijs is vol van geluk en vreugde, binnen de waarheid, omdat er geen kwaad is, en iedereen zoekt eerst het voordeel voor de anderen. Niemand doet een ander kwaad, maar ze dienen elkaar met liefde. Hoe verrukkelijk zal dit leven zijn!

Bovendien, geen zorgen meer over huisvesting, kleren, en eten, en het feit dat er geen tranen, zorgen, ziektes, pijn of dood is, is de gelukzaligheid zelf.

"En Hij zal alle tranen van hun ogen afwissen, en de dood zal niet meer zijn, noch rouw, noch geklaag, noch moeite zal er meer zijn, want de eerste dingen zijn voorbijgegaan" (Openbaringen 21:4).

Je ziet ook, dat net zoals er hoofd engelen zijn onder alle engelen, er een hiërachie is onder de mensen van het Paradijs, d.w.z. de vertegenwoordigers en afevaardigden. Omdat ieders daden van geloof verschillend zijn, worden degene, die een betrekkelijk groter geloof hebben, aangesteld als vertegenwoordigers om te zorgen voor een plaats of een groep mensen.

Deze mensen dragen andere kleren dan de gewone mensen van het Paradijs en hebben voorrang in alles. Dit is niet iets onrechtvaardigs, maar is uitgedragen door Gods onbevooroordeelde gerechtigheid, om terug te geven overeenkomstig iemands daden. Omdat er geen jaloezie of naijver in de hemel is, zullen mensen het nooit haten of aanstoot nemen, wanneer betere dingen aan iemand gegeven worden. In plaats daarvan zijn ze gelukkig en blij om te zien dat andere goede dingen ontvangen.

Je zou moeten beseffen dat het Paradijs onvergelijkbaar, veel mooier is en een gelukkigere plaats dan deze aarde.

2. Wat voor soort mensen gaan naar het Paradijs?

Het Paradijs is een mooie plaats die gemaakt is binnen Gods grote liefde en genade. Het is een plaats voor degene die niet helemaal voldoen aan de eisen om ware kinderen van God genoemd te worden, maar God gekend hebben en geloofden in Jezus Christus, en daarom niet naar de hel gestuurd kunnen worden. Wat voor soort mensen gaan dan precies naar het Paradijs?

Bekering vlak voor de dood

Eerst en vooral, is het Paradijs een plaats voor degene die zich bekeren vlak voor hun dood en Jezus Christus aannamen om gered te worden, zoals de moordenaar die aan de ene zijde van Jezus hing. Als je Lucas 23:39 verder leest, zie je dat er twee moordenaars aan beide zijden van Jezus gekruisigd werden. Een moordenaar wierp beledigingen naar Jezus toe, maar de tweede bestrafte de eerste, bekeerde zich, en nam Jezus Christus aan als zijn Redder. Toen, zei Jezus tot de tweede moordenaar, "Voorwaar, Ik zeg u, vandaag zult gij samen met Mij in het Paradijs zijn." Deze moordenaar ontving Jezus net als zijn Redder. Hij verwierp niet zijn zonde, noch leefde hij overeenkomstig Gods woord. Omdat hij Jezus Christus aannam vlak voor hij stierf, had hij niet de tijd om te leren over Gods woord en te handelen overeenkomstig het woord.

Je zou moeten beseffen dat het Paradijs er is voor hen die Jezus Christus hebben aangenomen, maar niets gedaan hebben voor het Koninkrijk van God, zoals de moordenaar beschreven in Lucas 23.

En toch, als je denkt, "Ik zal de Here aannemen vlak voordat ik sterf, zodat ik naar het Paradijs kan gaan welke zo gelukzalig en mooi is, en niet vergeleken kan worden met iets op deze wereld," is dat een verkeerde gedachte. God stond de moordenaar aan de ene kant toe om gered zijn, omdat Hij wist dat de moordenaar een goed hart had om God lief te hebben tot het einde, en de Here niet zou verlaten hebben als hij meer tijd had gehad om te leven.

Hoe dan ook, niet iedereen kan de Here aannemen vlak voordat hij sterft, en het geloof kan niet zomaar in een ogenblik gegeven worden. Daarom zou je moeten beseffen de zeldzaamheid van zo'n geval, waarin de moordenaar aan de ene zijde van Jezus gered werd vlak voor zijn dood.

Ook mensen die ternauwernood redding ontvangen hebben, hebben nog steeds veel kwaad in hun harten, ook al zijn ze gered, omdat ze geleefd hebben zoals ze wilden.

Ze zullen eeuwig dankbaar aan God zijn, enkel voor het feit

dat ze in het Paradijs zijn en genieten van het eeuwige leven in de hemel, enkel door Jezus Christus aan te nemen als hun Redder, ondanks dat ze niets gedaan hebben in geloof op deze aarde.

Het Paradijs is zo verschillend van het het Nieuwe Jeruzalem waar Gods troon is, maar het feit dat ze niet naar de hel gaan, maar gered zijn, dat alleen al maakt hen gelukkig en zo vreugdevol.

Gebrek aan groei in geestelijk geloof

Ten tweede, zelfs als mensen Jezus Christus hebben aangenomen en geloof hebben, worden ze ternauwernood gered en gaan naar het Paradijs, als ze niet gegroeid zijn in hun geloof. Niet alleen de nieuwe gelovigen, maar ook degene die lange tijd gered zijn gaan naar het Paradijs, wanneer hun geloof, al die tijd op het eerste niveau van geloof blijft hangen.

Eens, stond God mij toe om de belijdenis van een gelovige te horen, die gedurende een lange tijd in het geloof was, en op dit moment in de Wacht Kamer verblijft op de grens van het Paradijs.

Hij werd geboren in een gezin die God niet kende, en afgoden aanbaden, en begon een Christelijk leven later tijdens zijn leven. En toch, omdat hij niet het ware geloof had, leefde hij nog steeds binnen de grenzen van de zonde en verloor het gezichtsvermogen van een oog. Hij besefte wat waar geloof was, na het lezen van mijn getuigenis boek Eeuwig leven proeven voor de dood, schreef zich in in deze kerk, en ging later naar de hemel terwijl hij een christelijk leven leidde in deze kerk.

Ik kon zijn belijdenis horen vol van vreugde om gered te zijn, omdat hij naar het Paradijs ging na zoveel zorgen, pijnen, ziektes te hebben doorstaan, tijdens zijn leven hier op aarde.

"Ik ben zo vrij en gelukkig om hier te zijn nadat ik mijn vlees heb afgelegd. Ik weet niet waarom ik geprobeerd heb om de vleselijke dingen vast te houden. Ze waren allemaal zo zinloos. Vast houden aan vleselijke dingen is zo zinloos en onnuttig, aangezien ik hier gekomen ben, na het afleggen van het vlees.

Tijdens mijn leven op de aarde, waren er tijden van vreugde en dankbaarheid, teleurstellingen en wanhoop. Hier, als ik naar mijzelf kijk, binnen deze comfort en gelukzaligheid, wordt ik herinnert aan de tijden dat ik het zinloze leven probeerde vast te houden en zelf in dat zinloze leven bleef. Maar mijn ziel heeft nergens gebrek aan in deze aangename plaats, en het feit dat ik in de plaats van redding ben, geeft mij alleen al een grote vreugde.

Ik ben zeer gemakkelijk op deze plaats. Ik ben zo gemakkelijk omdat ik mijn vlees heb afgelegd, en ik neem er genoegen in dat ik gekomen ben in deze vredevolle plaats na een uitgeput leven op de aarde. Ik wist echt niet dat het zo'n gelukkig iets was om je vlees te verwerpen, maar ik ben zo vredevol en vreugdevol, dat ik het vlees heb afgelegd en in deze plaats gekomen ben.

Niet in staat om te zien, niet in staat om de wandelen, en niet in staat om vele andere dingen te doen waren allemaal lichamelijke uitdagingen voor mij in die tijd, maar nu ben ik zo verrukkelijk en dankbaar, nadat ik het eeuwige leven ontvangen heb en hier gekomen ben, omdat ik voel dat dit een grote plaats is mede door al deze dingen. Waar ik nu ben is niet in het Eerste Koninkrijk, het Tweede Koninkrijk, het Derde Koninkrijk of het Nieuwe Jeruzalem. Ik ben enkel in het Paradijs, maar ik ben zo dankbaar en vreugdevol dat ik in het Paradijs ben.

Mijn ziel is hiermee tevreden.
Mijn ziel prijst hiermee.
Mijn ziel is hiermee gelukkig.
Mijn ziel is hiermee dankbaar.

Ik ben vreugdevol en dankbaar, omdat ik het noodlijdende en verschrikkelijke leven beëindigd heb en gekomen ben om te genieten van dit aangename leven."

Achteruitgang in het geloof mede door beproevingen

Ten laatste, zijn er enkele mensen die getrouw waren, maar geleidelijk aan lauw werden in hun geloof door verschillende redenen, en nauwelijks redding ontvangen.

Een man die een oudste in mijn gemeente was, diende getrouw in vele werken van de gemeente. Dus zijn geloof leek groot aan de buitenkant, maar op een dag voelde hij zich vreselijk ziek, hij kon zelfs niet meer spreken en kwam om mijn gebed te ontvangen. In plaats om te bidden voor zijn genezing, bad ik voor zijn redding. Op dat moment, leed zijn ziel zoveel angst aan een strijd tussen de engelen die hem probeerden naar de hemel te brengen en de boze geesten die hem probeerden naar de hel te brengen. Als hij voldoende geloof had gehad, waren de boze geesten niet gekomen om hem naar de hel proberen te brengen. Dus ik bad onmiddellijk om de boze geesten te verdrijven, en bad God om deze man te ontvangen. Vlak na het gebed, verkreeg hij troost en begon te huilen. Hij bekeerde zich vlak voor zijn dood, en werd ternauwernood gered.

Evenzo, ook al heb je de Heilige Geest ontvangen en was je aangesteld in de positie van een diaken of een oudste, zou het een schande zijn in de ogen van God om in zonde te leven. Als je je niet afkeert van zo'n lauw geestelijk leven, zal de Heilige Geest in jou geleidelijk verdwijnen, en zo je niet gered zijn.

"Ik weet uw werken, dat gij noch koud zijt, noch heet. Waart gij maar koud of heet! Zo dan, omdat gij lauw zijt en noch heet, noch koud, zal Ik u uit mijn mond spuwen" (Openbaringen 3:15-16).

Daarom moet je beseffen dat het gaan naar het Paradijs een schandelijke redding is en enthousiaster zijn en krachtiger over het opgroeien van je geloof.

Deze man was eens gezond geworden na het ontvangen van mijn gebed in het verleden, en zelfs zijn vrouw was terug gekomen in het leven, van de deur van de dood, door mijn gebed. Door te luisteren naar de woorden des levens, werd zijn gezin, die vele moeilijkheden had, een gelukkig gezin. Sinds die tijd, groeide hij op tot een getrouwe werker van God door zijn pogingen en was getrouw in al zijn plichten.

Hoe dan ook, toen de gemeente door een beproeving ging, probeerde hij niet om de gemeente te verdedigen of te beschermen, maar stond zijn gedachten toe om beheerst te worden door Satan. De woorden die uit zijn mond kwamen vormden een grote muur van zonde tussen hem en God. Uiteindelijk, kon hij niet langer onder Gods bescherming zijn, en werd neergelsagen door een ernstige ziekte.

Als een werker van God, zou hij niet geluisterd of gekeken mogen hebben naar iets wat tegen de waarheid en Gods wil was, maar in plaats daarvan, wilde hij luisteren naar die dingen en verspreidde ze ook. God kon enkel zijn aangezicht van hem afkeren, omdat hij zich afgekeerd had van de grote genade van God, zoals de genezing van een ernstige ziekte.

Daarom vergingen zijn beloningen en kon hij zelfs geen kracht meer verkrijgen om te bidden. Zijn geloof ging zo achteruit en uiteindelijk bereikte hij het punt waar hij zelfs niet meer zeker was over zijn redding. Gelukkig, herinnerde God zijn diensten aan de gemeente in het verleden. Dus de man kon een schandelijke redding ontvangen omdat God hem de genade gaf om zich te bekeren van datgene wat hij daarvoor gedaan had.

Vol van dankbaarheid om gered te zijn

Dus wat voor belijdenissen zou hij maken, eens hij gered werd en naar het Paradijs gestuurd werd? Omdat hij gered werd op het kruispunt van de hemel en hel, kon ik hem horen belijden met echte vrede.

"Ik ben zo gered. Ondanks dat ik in het Paradijs ben, ben ik tevreden want ik ben vrij van alle vrees en moeilijkheden. Mijn geest, welke naar de duisternis zou gaan, is gekomen in dit mooie en aangename licht."

Hoe groot zal zijn vreugde zijn nadat hij bevrijd is van de vrees voor de hel! En toch, omdat hij een schandelijke redding heeft ontvangen als een oudste van de gemeente, liet God mij zijn gebed van bekering horen, terwijl hij in het Boven Graf verbleef, voordat hij naar de wachtkamer in het Paradijs ging. Hij bekeerde zich ook daar van zijn zonde, en dankte mij om voor hem te bidden. Hij maakte ook een belofte aan God om voortdurend voor de gemeente en mij, die hij gediend had, te bidden, totdat hij mij weer zou ontmoeten in de hemel.

Vanaf het begin van de menselijke ontwikkeling hier op aarde, zijn er meer mensen geweest die aan de eisen voldeden om het Paradijs binnen te gaan, dan het totaal aantal mensen die in staat zijn om naar een andere plaats in de hemel te gaan.

Degene die nauwelijks gered zijn en naar het Paradijs gaan zijn zo dankbaar en gelukkig om te kunnen genieten van de comfort en zegen van het Paradijs, omdat ze niet in de hel gevallen zijn, ondanks dat zijn geen gepast christelijk leven op de aarde hebben geleefd.

Hoe dan ook, de gelukzaligheid van het Paradijs kan niet vergeleken worden met dat van het Nieuwe Jeruzalem, en het is ook totaal verschillend van de gelukzaligheid van het tweede niveau, het eerste koninkrijk van de hemel. Daarom, zou je moeten beseffen dat wat belangrijker is voor God, niet de jaren van je geloof is, maar de houding van je binnenste hart naar God toe en het handelen overeenkomstig Gods wil.

Vandaag de dag, geven vele mensen toe en leven in de zondevolle natuur terwijl ze belijden dat ze de Heilige Geest ontvangen hebben. Deze mensen kunnen nauwelijks redding ontvangen en gaan naar het Paradijs, of vallen uiteindelijk in de dood, dat is de hel, omdat de Heilige Geest in hen zal verdwijnen.

Of enkele naam gelovigen worden arrogant, horende en lerende een groot deel van Gods woord, en oordelen en veroordelen andere gelovigen, ook al leven ze gedurende een lange periode een christelijk leven. Ongeacht hoe enthousiast of getrouw ze zijn over Gods bedieningen, het is nutteloos als ze niet de slechtheid in hun harten beseffen en hun zonden verwerpen.

Daarom, bid ik in de naam van de Here, dat jij, een kind van God die de Heilige Geest ontvangen heeft, je zonde zal verwerpen en alle slechtheid door er naar te streven om enkel te handelen overeenkomstig Gods woord.

Hoofdstuk 7

Het Eerste Koninkrijk van de Hemel

1. Zijn schoonheid en gelukzaligheid overtreft het Paradijs
2. Wat voor soort mensen gaan naar het Eerste Koninkrijk?

En al wie aan een wedstrijd deelneemt
Beheerst zich in alles.
Zij om een vergankelijke erekrans
te verkrijgen,
Wij om een onvergankelijke.

- 1 Korintiërs 9:25 -

Het paradijs is de plaats voor degene die Jezus Christus hebben aangenomen, maar niets gedaan hebben met hun geloof. Het is een veel mooiere en gelukkigere plaats dan deze aarde. Dus, hoeveel mooier zal het eerste Koninkrijk der Hemelen zijn, de plaats voor degene die proberen om te leven overeenkomstig Gods woord?

Het eerste Koninkrijk is dichter bij Gods troon dan het Paradijs, maar er zijn veel meer betere plaatsen in de hemel. En toch, degene die het Eerste Koninkrijk zijn binnengegaan zouden tevreden moeten zijn met wat hun gegeven is, en zich gelukkig voelen. Het is als een goudvis die tevreden is met het blijven in een viskom, en niets meer wil.

Je zal nu tot in detail bekijken wat voor een soort plaats het Eerste Koninkrijk is, welke een niveau hoger is dan het Paradijs, en wat voor soort mensen daar binnen zullen gaan.

1. Zijn schoonheid en gelukzaligheid overtreft het Paradijs

Daar het Paradijs de plaats is voor degene die niets gedaan hebben met hun geloof, zullen er geen persoonlijke bezittingen zoals beloningen zijn. Vanaf het Eerste Koninkrijk en daar boven, echter, worden er persoonlijke bezittingen als beloningen gegeven, zoals huizen, en kronen.

In het Eerste Koninkrijk, leeft iemand in zijn of haar eigen huis en ontvangt de kroon die voor eeuwig blijft. Het is zo'n glorie op zichzelf om een eigen huis te bezitten in de hemel, dus iedereen in het Eerste Koninkrijk voelt het geluk welke niet vergeleken kan worden met dat van het Paradijs.

Persoonlijke huizen mooi gedecoreerd

Persoonlijke woningen in het Eerste Koninkrijk, zijn geen afzonderlijke huizen, maar gelijken op de apartementen of flats van deze aarde. Ze zijn echter niet gebouwd met cement of stenen, maar met mooie hemelse grondstoffen zoals goud en edelstenen.

Deze huizen hebben geen trappenhuizen, maar hele mooie liften, Op deze aarde, moet je op een knop drukken, maar in de hemel gaan ze automatisch naar de verdieping die je wenst.

Onder hen die in de hemel zijn geweest, zijn er degene die getuigen dat ze apartementen hebben gezien in de hemel, en dat komt omdat ze het Eerste Koninkrijk van de vele hemelse plaatsen gezien hebben. Deze op apartementen lijkende huizen, bezitten alle noodzakelijke dingen om te leven, dus er is in het geheel geen ongemak.

Er zijn muzikale instrumenten voor degene die van muziek houden zodat ze kunnen spelen en boeken voor degene die van lezen houden. Iedereen heeft een persoonlijke ruimte waar hij of zij kan rusten, en het is echt gezellig.

Op deze wijze, zijn de omgevingen van het Eerste Koninkrijk gemaakt overeenkomstig de Meesters voorkeur. Dus het is een veel mooiere en gelukzaligere plaats dan het Paradijs, en vol van vreugde en comfort, welke je nooit op deze aarde kan ervaren.

Openbare tuinen, meren, zwembaden en dergelijke

Daar de huizen in het Eerste Koninkrijk geen alleen staande huizen zijn, zijn er openbare tuinen, meren, zwembaden en golfbanen. Het is net zoals mensen die op deze aarde in appartement wonen, ze delen een openbare tuin, golfbaan, of zwembad.

Deze openbare bezittingen vergaan nooit of worden nooit afgebroken, maar worden onderhouden door de engelen, om de beste conditie te behouden. Engelen helpen ook met het gebruik van die voorzieningen, dus er is geen ongemak, ondanks dat het openbare bezittingen zijn.

Er zijn geen dienende engelen in het Paradijs, maar mensen kunnen hulp krijgen van engelen in het Eerste Koninkrijk. Dus ze voelen hier een totaal andere soort vreugde en geluk. Ondanks dat er geen engel is die tot een bepaalde persoon behoort, zijn er engelen om voor de bezittingen te zorgen.

Bijvoorbeeld, als je wat fruit wil terwijl je aan het praten bent met je geliefden, terwijl je zit op een gouden bank vlak bij de Rivier van het water des levens, zullen de engelen onmiddellijk fruit brengen en je beleefd dienen. Omdat er engelen zijn die de kinderen van God helpen, zijn de vreugde en het geluk heel verschillend van degene in het Paradijs.

Het Eerste Koninkrijk is voortreffelijker dan het Paradijs

Zelfs de kleuren en de geuren van de bloemen, en de schittering en schoonheid van het bont van de dieren zijn totaal verschillend van degene in het Paradijs. Dit komt omdat God alles voorzien heeft overeenkomstig het niveau van geloof van de mensen in iedere plaats van de hemel.

Zelfs de mensen op deze aarde hebben verschillende standaards van schoonheid. Een deskundige in bloemen, bijvoorbeeld, zal de schoonheid van een bloem beoordelen gebaseerd op vele verschillende criteria. In de hemel, zijn de geuren van de bloemen in elke verblijfplaats anders. Zelfs binnen dezelfde plaats, heeft iedere bloem zijn unieke geur.

God heeft de bloemen op zo'n wijze voorzien dat de mensen in het Eerste Koninkrijk zich het beste zouden voelen wanneer ze de geuren van de bloemen ruiken. God heeft ook de kleuren en de geur van elke vrucht voorzien overeenkomstig het niveau van elke verblijfplaats.

Hoe bereid je je voor en dien je wanneer een belangrijke gast komt? Je zal proberen om de smaak van de gast te ontdekken, op zo'n wijze die je gast het meest behaagd.

Evenzo, heeft God alles bedachtzaam voorzien zodat Zijn kinderen in alle aspecten tevreden zouden zijn.

2. Wat voor soort mensen gaan naar het Eerste Koninkrijk?

Het Paradijs is de plaats van de hemel voor degene die op het eerste niveau van geloof zijn, gered zijn door in Jezus Christus te geloven, maar niets gedaan hebben voor het Koninkrijk van God. Wat voor soort mensen gaan naar het Eerste Koninkrijk der hemelen, boven het Paradijs en genieten van het eeuwige leven daar?

Mensen proberen te handelen overeenkomstig Gods woord

Het Eerste Koninkrijk der hemelen is de plaats voor degene die Jezus Christus hebben aangenomen en geprobeerd hebben om te leven overeenkomstig Gods woord. Degene die net de Here hebben aangenomen, komen naar de kerk op zondag en luisteren naar het woord van God, maar ze weten niet echt wat zonde is, waarom ze moeten bidden, en waarom ze hun zonden moeten verwerpen. Evenzo degene op het eerste niveau van geloof hebben de vreugde van de eerste liefde ervaren, door geboren te worden door water en de Heilige Geest, maar beseffen niet wat zonde is en hebben hun zonden nog niet ontdekt.

En toch, wanneer je het tweede niveau van geloof bereikt, besef je de zonden en de gerechtigheid met de hulp van de Heilige Geest. Dus je probeert te leven overeenkomstig Gods woord, maar je kan het niet onmiddellijk zo doen. Het is net zoals een baby die eerst leert lopen: hij herhaalt lopen en vallen.

Het Eerste Koninkrijk der hemlen is de plaats voor dit soort mensen, die proberen om te leven overeenkomstig Gods woord, en de kronen, die aan hen gegeven worden, zullen voor eeuwig blijven. Net zoals atleten moeten spelen overeenkomstig de regels van het spel (2 Timoteüs 2:5-6), moeten de kinderen van God de goede strijd strijden van het geloof, overeenkomstig de waarheid. Als je de regels van de geestelijke wereld negeert, welke Gods wetten zijn, zoals een atleet die niet speelt naar de regels, heb je een dood geloof. Dan zal je niet beschouwd worden als een deelnemer en geen kroon ontvangen. En toch wordt aan iedereen in het Eerste Koninkrijk, een kroon gegeven omdat ze geprobeerd hebben om te leven overeenkomstig Gods woord ondanks dat hun daden niet voldoende waren. Het blijft ook echter een schandelijke redding. Dat komt omdat ze niet volledig geleefd hebben overeenkomstig Gods woord, ook al hebben ze het geloof om naar het eerste Koninkrijk te gaan.

Schandelijke redding wanneer de werken verbranden

Wat is dan precies een "schandelijke redding"? In 1 Korintiërs 3:12-15, zie je dat het werk dat iemand heeft gebouwd, kan standhouden of verbranden.

> *"Is er iemand die op dit fundament bouwt met goud, zilver, kostbare gesteente, hout, hooi, of stro, ieders werk zal aan het licht komen. Want de dag zal het doen blijken, omdat hij met vuur verschijnt, en hoedanig ieders werk is, dat zal het vuur uitmaken. Indien het werk, dat hij erop gebouwd heeft, standhoud, zal hij loon ontvangen, maar indien iemands werk verbrandt, zal hij schade lijden, doch hijzelf zal gered worden, maar als door vuur heen."*

Het "fundament" hier verwijst naar Jezus Christus en betekent alles wat je op dit fundament bouwt, je werken, geopenbaard zullen worden door de beproeving van vuur. Aan de ene kant, zullen de werken van hen die geloof hebben als goud, zilver, of kostbare gesteenten blijven staan, zelfs in hevige beproevingen, omdat ze handelen overeenkomstig Gods woord. Aan de andere kant, zullen de werken van degene die geloof hebben als hout, hooi en stro, verbranden, wanneer ze hevige beproevingen doormaken, omdat ze niet kunnen handelen overeenkomstig Gods woord.

Daarom om deze maten van geloof toe te wijzen, is goud de vijfde (de hoogste), zilver de vierde, kostbare gesteenten de derde, hout de tweede, en hooi de eerste (en laagste) mate van geloof. Hout en hooi hebben leven, en het geloof als hout betekent dat iemand een levend geloof heeft maar het is zwak. Het stro echter is droog en heeft geen enkel leven, en het verwijst naar hen die geen enkel geloof hebben.

Daarom, degene die geen geloof hebben, hebben niets te maken met redding. Het hout en het hooi, wiens werken zullen verbranden door de hevige beproevingen, behoren tot de schandelijke redding. God zal het geloof van goud, zilver en kostbare gesteente erkennen, maar dat van hout en hooi, kan Hij niet erkennen.

Geloof zonder werken is dood

Sommigen denken misschien, "Ik ben al heel lang een christen, dus ik ben zeker het eerste niveau van geloof voorbij, en ik kan ten minste naar het Eerste koninkrijk gaan." En toch, als je echt geloof hebt, zal je duidelijk leven overeenkomstig Gods woord. Evenzo, als je de wet breekt en je zonden niet verwerpt, kan het Eerste Koninkrijk, of zelfs misschien het Paradijs, buiten je bereik liggen.

De bijbel vraagt je in Jakobus 2:14, *Wat baat het mijn broeders, of iemand al beweert geloof te hebben, als hij geen werken heeft? Kan dat geloof hem behouden?"* Als je geen werken hebt, zal je niet gered zijn. Geloof zonder werken is dood. Dus degene die niet vechten tegen de zonden, kunnen niet gered worden omdat ze net zo zijn als een man die een pond ontving en het verborg in een doek (Lucas 19:20-26).

De "pond" staat hier voor de Heilige Geest. God geeft de Heilige Geest als een geschenk aan degene die hun harten openen en Jezus Christus aannemen als hun persoonlijke Redder. De Heilige Geest stelt je in staat om de zonde te beseffen, de gerechtigheid, en het oordeel en helpt je om gered te worden en naar de hemel te gaan.

Aan de ene kant, als je je geloof in God belijd, maar je hart niet laat besnijden door noch de verlangens van de Heilige Geest te volgen, noch te handelen overeenkomstig de waarheid, dan kan de Heilige Geest niet in je hart blijven. Aan de andere kant, als je je zonden verwerpt en handelt overeenkomstig Gods woord door de hulp van de Heilige Geest, kan je het hart van Jezus Christus evenaren, die de waarheid zelf is.

Daarom, heiligen de kinderen van God die de Heilige Geest als een geschenk ontvangen hebben, hun harten en dragen de vruchten van de Heilige Geest om de volmaakte redding te bereiken.

Lichamelijk getrouw, maar geestelijk onbesneden

God openbaarde mij een keer een lid dat gestorven was, en in het Eerste Koninkrijk was aangekomen, en toonde mij de belangrijkheid van het geloof wat gepaard gaat met daden. Hij diende als een lid van de Financiële afdeling van de gemeente gedurende 18 jaren, zonder verraad in zijn hart. Hij was ook getrouw in andere werken van God en kreeg de titel oudste. Hij probeerde vrucht te dragen in vele zaken en gaf God de glorie, zichzelf vaak afvragende, "Hoe kan ik nog meer Gods Koninkrijk voortbrengen?"

En toch was hij niet zo succesvol omdat hij soms oneer aan God bracht door niet het rechte pad te volgen mede door zijn vleselijke gedachten en zijn hart, wat vaak zijn eigen goed zocht. Ook, maakte hij oneerlijke opmerkingen, werd boos op andere mensen, en was Gods woord ongehoorzaam op vele aspecten.

Met andere woorden, omdat hij lichamelijk getrouw was, maar zijn hart niet had besneden – wat het belangrijkste ding is – bleef hij op het tweede niveau van geloof. Bovendien, als zijn financiële en menselijke problemen hadden aangehouden, zou hij het geloof niet hebben vastgehouden, maar gecompromiteerd hebben met de ongerechtigheid.

Ten slotte, omdat de mate van achteruitgang in zijn geloof, hem misschien niet meer zou toestaan om het Paradijs binnen te gaan, riep God zijn ziel op de beste tijd.

Door geestelijke communicatie na zijn dood, toonde hij zijn dankbaarheid en bekeerde zich van vele dingen. Hij bekeerde zich dat hij de gevoelens van andere bedienaren had gekwetst, door de waarheid niet te volgen, het gevolg was waarom anderen afvielen, aanstoot nam aan anderen, en niet handelde naar het woord van God. Hij zei ook, dat hij altijd de druk had gevoeld, omdat hij zich niet bekeerde van zijn fouten, toen hij nog op deze aarde was, maar nu was hij blij, omdat hij zijn fouten kon belijden.

Hij zei ook, dat hij dankbaar was, dat hij niet in het Paradijs is gekomen als oudste. Het was nog steeds schandelijk om als een oudste in het Eerste Koninkrijk te zijn, maar hij voelde zich veel beter omdat het Eerste Koninkrijk veel glorieuzer is dan het Paradijs.

Daarom, zou je moeten beseffen dat het belangrijker is om je hart te besnijden, meer noch dan lichamelijke getrouwheid en de titels.

God leidt Zijn kinderen naar de betere hemel door beproevingen

Net zoals er veel training nodig is en vele uren van oefenen voor een atleet om te winnen, moet je ook door vele beproevingen om naar een betere verblijfplaats te gaan in de hemel, en de beproevingen kunnen onderverdeeld worden in drie categorieën.

Ten eerste, zijn er de beproevingen om de zonde te verwerpen. Om echte kinderen van God te worden, moet je tot bloedens toe vechten tegen de zonde zodat je de zonde volledig kan verwerpen. En toch, straft God soms Zijn kinderen, omdat ze de zonde niet verwerpen maar blijven leven in de zonde (Hebreeën 12:6). Net zoals ouders soms hun kinderen straffen om hen op het juiste pad te leiden, staat God soms beproevingen toe aan Zijn kinderen, zodat ze volmaakt zullen zijn.

Ten tweede, zijn er beproevingen om je een schoon vat te maken en zegeningen te geven. David, ondanks dat hij een jonge knaap was, redde hij zijn schaap door een beer of een leeuw te doden die, hem uit de kudde pakte. Hij had zo'n groot geloof dat hij zelfs Goliat doodde, waar het gehele leger van Israël bevreesd voor was, met een slinger en een steen, enkel door op God te steunen. De reden waarom hij nog door beproevingen moest gaan, dat wil zeggen, achternagezeten worden door Saul, was omdat God deze beproevingen toe stond om David een groot vat te maken en een grote koning.

Ten derde, zijn er ook beproevingen om een einde te maken aan de nutteloosheid, omdat mensen misschien weg blijven bij God als ze vrede hebben. Bijvoorbeeld, er zijn sommige mensen die getrouw zijn in Gods Koninkrijk, en geregeld financiële zegeningen krijgen. Ze stoppen dan met bidden en hun enthousiasme voor God verkild. Als God hen verlaat zoals zij dat doen, kunnen ze in de dood vallen. Dus Hij staat beproevingen toe aan hen, om hen opnieuw helder aan het denken te krijgen.

Je zou je zonden moeten verwerpen, rechtvaardig handelen, en een schoon vat zijn in de ogen van God, beseffende dat het hart van God deze beproevingen van geloof toestaat. Ik hoop dat je ten volle de wonderlijke zegeningen die God voor je heeft zal ontvangen.

Sommige zeggen misschien, "Ik wil veranderen, maar het is niet gemakkelijk, ook al probeer ik het." En toch, degene die zo iets zegt, zegt dat niet omdat het echt zo moeilijk is, maar omdat hij een gebrek aan vurigheid en passie bezit om diep in zijn hart te veranderen.

Als je echt Gods woord geestelijk beseft en probeert om te

veranderen vanuit je hart, kan je snel veranderen, omdat God je genade en kracht heeft om dat te doen. De Heilige Geest, helpt je natuurlijk ook op deze weg. Als je enkel Gods woord uit je hoofd kent, als een stuk kennis, maar er niet naar handelt, zal je gauw trots en misleid worden, en het zal moeilijk voor je worden om gered te zijn.

Daarom bid ik, in de naam van de Here, dat je niet de passie en de vreugde van je eerste liefde verliest, en dat je het verlangen van de Heilige Geest blijft volgen, zodat je een betere plaats zal bezitten in de hemel.

Hoofdstuk 8

Het Tweede Koninkrijk van de Hemel

1. Mooie, persoonlijke huizen voor iedereen
2. Wat voor soort mensen gaan naar het Tweede Koninkrijk?

*De oudsten onder u vermaan ik dan,
Als medeoudste en getuige
van het lijden van Christus,
Die ook een deelgenoot ben van de
heerlijkheid, welke
zal geopenbaard worden:
Hoedt de kudde Gods, die bij u is,
Niet gedwongen,
Maar uit vrije beweging,
Naar de wil van God,
Niet uit schandelijke winzucht,
maar uit bereidwilligheid,
Niet als heerschappij voerende,
over hetgeen u ten deel gevallen is
Maar als voorbeelden der kudde.
En wanneer de opperherder verschijnt,
Zult gij de onverwelkelijke krans
der heerlijkheid verwerven.*

- 1 Petrus 5:1-4 -

Aan de ene kant, ongeacht hoeveel je over de hemel hoort, zal het geen nut doen, als je het niet beseft in je hart, omdat je het niet kan geloven. Net zoals een vogel een zaad wegpikt wat langs de weg gezaaid is, zullen de vijand Satan en de Duivel het woord over de hemel van je wegpikken (Matteüs 13:19). Aan de andere kant, wanneer je naar het woord luistert over de hemel en het grijpt, kan je een leven van geloof leven en van hoop en een oogst produceren, gevende dertig, zestig, of honderdvoudig naar wat je gezaaid hebt. Omdat je kan handelen overeenkomstig Gods woord, kan je niet alleen je plicht vervullen, maar ook geheiligd worden en getrouw zijn in geheel Gods huis. Wat voor een soort plaats is het Tweede Koninkrijk van de hemel dan en wat voor soort mensen gaan daar heen?

1. Mooie, persoonlijke huizen voor iedereen

Ik heb al uitgelegd dat degene die naar het Paradijs of het Eerste Koninkrijk gaan, schandelijk redding hebben ontvangen, omdat hun werken geen standhouden in de vurige beproevingen. Degene die echter naar het Tweede Koninkrijk gaan, bezitten een soort geloof dat door de vurige beproevingen heen gaat, en ontvangen beloningen die niet vergeleken kunnen worden met die van het Paradijs of het Eerste Koninkrijk, overeenkomstig Gods gerechtigheid, die beloond naar wat gezaaid is.

Daarom als de gelukzaligheid van iemand die naar het Eerste Koninkrijk gaat, vergeleken kan worden met de gelukzaligheid van een goudvis in een viskom, kan de gelukzaligheid van iemand in het Tweede Koninkrijk vergeleken worden met de gelukzaligheid van een walvis in de Grote Oceaan.

Laat ons nu kijken naar de kenmerken van het Tweede Koninkrijk, kijkende naar de huizen en het leven.

Iedereen krijgt een huis met een verdieping

De huizen in het Eerste Koninkrijk lijken op apartementen, maar die van het Tweede Koninkrijk zijn volledige vrije, prive, éénverdiepingshuizen. De huizen in het Tweede Koninkrijk kunnen niet vergeleken worden met welk mooi huis of villaatje of zomerhuisje ook, van deze wereld. Ze zijn groot, mooi en zijn modieus gedecoreerd met bloemen en bomen.

Als je naar het Tweede Koninkrijk gaat, krijg je niet alleen een huis, maar ook een van je meest favoriete voorwerpen. Als je een zwembad wil, zal je een mooi gedecoreerde krijgen met goud en allerlei soorten edelstenen. Als je een meer wil, zal je een meer krijgen. Als je een balzaal wil, zal je een balzaal krijgen. Als je een wandeling wil maken zal je een mooi pad krijgen vol van wonderlijke bloemen en planten en er omheen vele dieren die spelen.

Als je echter alles wil hebben, het zwembad, het meer, de balzaal, het pad enzovoort, kan dat niet, je kan enkel dat ding hebben wat je het liefste wil hebben. Omdat hetgeen mensen bezitten verschillend is in het Tweede Koninkrijk, bezoeken ze elkaars huizen en genieten samen van wat ze hebben.

Als iemand een balzaal heeft, maar geen zwembad en wil

zwemmen, kan hij naar zijn buur gaan die een zwembad heeft, en ervan genieten. In de hemel dienen de mensen elkaar, en ze vervelen zich nooit of wijzen bezoekers af. In plaats daarvan zijn ze blijer en gelukkiger. Dus, als je van iets wil genieten, kan je je buur bezoeken en genieten van wat die heeft. Evenzo, is het Tweede Koninkrijk in vele aspecten veel beter dan het Eerste Koninkrijk. Natuurlijk, kan het echter niet vergeleken worden met het Nieuwe Jeruzalem. Ze hebben geen engelen, die ieder kind van God dienen. De mate, schoonheid, en luister van de huizen is zo verschillend, en de grondstoffen, kleuren en glans van de edelstenen die de huizen decoreren zijn ook zo verschillend.

Deurnaamplaat met mooi en prachtig licht

Een huis in het Tweede Koninkrijk is een eenverdiepingsgebouw met een deurnaamplaat. De deurnaamplaats wijst de eigenaar van het huis aan, en in bepaalde gevallen staat de naam van de gemeente erop, waar de eigenaar diende. Het is geschreven op de deurnaamplaat, waarvan mooi en prachtig licht schijnt samen met de naam van de eigenaar in hemelse letters, die lijken op Arabisch of Hebreeuws. Dus mensen in het Tweede Koninkrijk zullen zeggen en benijden, "Oh! Dit is het huis van je weet wel, die in die gemeente diende!"

Waarom zal de naam van de gemeente er precies opstaan? God doet dat, zodat de trots en de glorie van de leden die de gemeente dienden en mee gebouwd hebben aan het Grote Heiligdom, om de Here in Zijn wederkomst in de lucht te ontvangen.

En toch de huizen in het Derde Koninkrijk en het Nieuwe Jeruzalem hebben geen deurnaamplaten. Er zijn niet zoveel in beide koninkrijken, en door de unieke lichten en geuren die uit de huizen komen, kan je herkennen tot wie de huizen behoren.

Spijt hebben dat je niet volledig geheiligd ben

Sommigen vragen zich misschien af, "Zal het niet lastig zijn in de hemel, omdat er geen eigen huizen in het Paradijs, en in het Tweede Koninkrijk kunnen mensen enkel een ding bezitten?" In de hemel, is er geen onvoldoende of ongemak. Mensen voelen zich nooit ongemakkelijk, omdat ze samen leven. Ze zijn niet gierig over het delen van hun bezittingen met anderen. Ze zijn juist dankbaar dat ze in staat zijn om hun eigendommen met anderen te delen, en beschouwen het als een bron van grote blijdschap.

Ze vinden het ook niet jammer dat ze maar een prive eigendom hebben, noch zijn ze afgunstig over de dingen die anderen hebben. In plaats daarvan zijn ze ook diep bewogen en dankbaar aan God, de Vader, die hen zoveel meer gegeven heeft dan ze verdienden, en ze zijn altijd tevreden in een onveranderlijke vreugde en genoegen.

Het enige wat ze jammer vinden is het feit dat ze niet voldoende geprobeerd hebben en niet volledig geheiligd waren toen ze op deze aarde leefden. Ze vinden het jammer en schamen zich om voor God te staan, omdat ze niet alle kwaad binnen in hen verworpen hadden. Ook wanneer ze degene zien die naar het Derde Koninkrijk gegaan zijn of het Nieuwe Jeruzalem, zijn ze niet afgunstig op hen vanwege hun grote huizen en grote beloningen, maar vinden het jammer dat ze zichzelf niet volledig geheiligd hebben.

Omdat God rechtvaardig is, laat Hij je oogsten datgene wat je gezaaid hebt, en krijg je beloningen overeenkomstig hetgeen je gedaan hebt. Daarom heeft Hij een plaats en beloningen in de hemel als je geheiligd wordt en getrouw bent op deze aarde. Afhankelijk van de mate dat je leeft naar Gods woord, zal Hij je overeenkomstig belonen en zelfs overvloedig.

Als je volledig leefde overeenkomstig Gods woord, zal Hij je alles geven wat je verlangt in de hemel, 100%. Wanneer je echter niet volledig leeft overeenkomstig Gods woord, zal Hij je enkel belonen naar datgene wat je gedaan hebt, maar ook dan nog zal het overvloedig zijn.

Daarom, ongeacht welk niveau je de hemel binnen gaat, je zal altijd dankbaar zijn aan God, die je zoveel meer geeft dan je op aarde hebt gedaan, en te leven in geluk en vreugde voor eeuwig.

De kroon der heerlijkheid

God, die overvloedig beloont, geeft een kroon die niet vergaat aan degene in het Eerste Koninkrijk. Wat voor soort kroon wordt gegeven aan degene in het Tweede Koninkrijk?

Ondanks dat ze niet volledig geheiligd waren, gaven ze glorie aan God door hun plichten te vervullen. Dus, zullen ze de kroon der heerlijkheid ontvangen. Wanneer je 1 Petrus 5:1-4 leest, zie je dat de kroon der heerlijkheid gegeven wordt aan degene die zichzelf als voorbeeld stelden door getrouw te leven overeenkomstig Gods woord.

"De oudsten onder u vermaan ik dan, als medeoudste en getuige van het lijden van Christus, die ook een deelgenoot ben van de heerlijkheid, welke zal geopenbaard worden: hoedt de kudde Gods, die bij u is, niet gedwongen, maar uit vrije beweging, naar de wil van God, niet uit schandelijke winzucht, maar uit bereidwilligheid, niet als heerschappij voerende, over hetgeen u ten deel gevallen is maar als voorbeelden der kudde. En wanneer de opperherder verschijnt, zult gij de overwelkelijke krans der heerlijkheid verwerven."

De reden waarom er staat, "De onverwelkelijke krans der heerlijkheid" is omdat elke kroon in de hemel eeuwig is en nooit vergaat. Je zal in staat zijn om te beseffen dat de hemel zo'n perfecte plaats is waar alles eeuwig is en zelfs een kroon niet vergaat.

2. Wat voor soort mensen gaan naar het Tweede Koninkrijk?

Rondom Seoul, de hoofdstad van het Republiek van Korea, zijn er satelliet steden, en rondom die steden zijn er kleinere dorpen. Op dezelfde manier, in de hemel, zijn er rondom het Derde Koninkrijk van de hemel, waarin het Nieuwe Jeruzalem is, het Tweede Koninkrijk, het Eerste Koninkrijk en het Paradijs.

Het Eerste Koninkrijk is de plaats waar degene zijn die op het tweede niveau van geloof zijn, die probeerden te leven overeenkomstig Gods woord. Wat voor soort mensen gaan naar het Tweede Koninkrijk? Mensen op het derde niveau van geloof, die leven overeenkomstig Gods woord eindigen in het Tweede koninkrijk. Laat ons nu eens kijken tot in detail welke mensen naar het Tweede Koninkrijk gaan.

Het Tweede Koninkrijk:
De plaats voor mensen die niet volledig geheiligd zijn

Je kan naar het Tweede Koninkrijk gaan als je leeft overeenkomstig Gods woord en je plichten vervuld, maar je hart nog niet volledig geheiligd is.

Als je knap, intelligent, en wijs bent, wil je waarschijnlijk dat je kinderen je nadoen. Op dezelfde wijze, wil God, die heilig en volmaakt is, dat Zijn ware kinderen op Hem lijken. Hij wil kinderen die Hem liefhebben en de geboden bewaren – die de geboden gehoorzamen, omdat ze van Hem houden, en niet vanuit een gevoel van plicht. Net zoals je zelf iets moeilijks zou doen, als je echt van iemand houdt. Als je echt van God houdt in je hart, kan je Zijn geboden bewaren met vreugde in je hart.

Je zal onvoorwaardelijk gehoorzamen met vreugde en dankbaarheid, onderhoudende wat Hij zegt om te onderhouden, verwerpende datgene wat Hij zegt om te verwerpen, niet doende datgene wat Hij verboden heeft, en doende datgene wat Hij je zegt om te doen. En toch degene die in het Derde Niveau van geloof zijn kunnen niet handelen naar Gods woord met volledige vreugde en dank in hun harten, omdat ze nog niet op dat niveau van liefde zijn gekomen.

In de Bijbel, zijn er werken van het vlees (Galaten 5:19-

21), en begeertes van het vlees (Romeinen 8:5). Wanneer je het kwade doet dat in je hart is, wordt het de werken van het vlees genoemd. De natuur van de zonde die je in je hart hebt, en die nog niet uiterlijk getoond is, wordt de begeerte van het vlees genoemd.

Degene op het derde niveau van geloof hebben al de uiterlijke, zichtbare werken van het vlees verworpen, maar ze hebben nog begeertes van het vlees in hun harten. Ze onderhouden datgene wat God hen zegt om te onderhouden, verwerpen datgene wat God zegt om te verwerpen, doen niet wat God hen verboden heeft, en doen datgene wat God zegt om te doen. En toch, is het kwade niet volledig uit hun harten verwijderd.

Evenzo, wanneer je je plichten vervuld met een hart wat niet volledig geheiligd is kan je naar het Tweede Koninkrijk gaan. "Heiligheid" verwijst naar de staat waarin je alle soorten kwaad hebt verworpen en enkel goedheid in je hart hebt.

Bijvoorbeel, laat ons zeggen dat er een persoon is die jij haat. Nu heb je geluisterd naar Gods woord, zeggende, "Gij zult niet haten," en probeert om hem niet te haten. Als gevolg, moet je hem dus nu niet meer haten. Als je echter niet echt van hem houdt in je hart, ben je niet volledig geheiligd.

Daarom, om te groeien van het derde naar het vierde niveau van de mate van geloof, is het cruciaal om de krachtsinspanning te hebben om de zonde te verwerpen tot bloedens toe.

Mensen hebben de plicht vervuld door Gods genade

Het Tweede Koninkrijk is de plaats voor degene die geen volledige heiligheid hebben verworven in hun harten, maar hun plichten vervuld hebben die God hen gegeven heeft. Laat ons eens kijken naar het soort mensen die naar het Tweede Koninkrijk gaan door te kijken naar het geval van een lid, die gestorven is terwijl ze diende in Manmin Joong-ang Church.

Ze kwam met haar man naar de Manmin Joong-ang Church in hetzelfde jaar van de oprichting ervan. Ze leed aan een ernstige ziekte, maar werd genezen nadat ze gebed van mij had ontvangen, en haar gezinsleden werden gelovigen. Ze groeiden op in hun geloof, en ze werd een senior diakones, haar man een oudste, en hun kinderen groeiden op en dienen de Here als een bedienaar, een voorgangers vrouw, en een lofprijszendeling.

Ze faalde echter in het verwerpen van alle soorten kwaad en droeg haar plicht volkomen uit, maar ze bekeerde zich door Gods genade, volbracht haar plicht goed, en stierf. God liet mij weten dat ze in het Tweede Koninkrijk der hemelen zou verblijven en stond mij toe om een gesprek met haar te hebben in de geest.

Toen ze naar de hemel ging, was het feit waar ze het meeste spijt over had, het feit dat ze niet al haar zonde had verworpen om volledig geheiligd te worden, en het feit dat ze niet echt een belijdenis van dankbaarheid had gegeven aan haar herder, die gebeden had voor haar genezing en haar geleid had met liefde.

Ze dacht ook, kijkende naar wat ze volbracht had met haar geloof, hoe ze de Here diende, en de woorden die ze met haar mond sprak, dat ze eigenlijk maar naar het Eerste Koninkrijk zou gaan. Toen ze echter niet veel tijd meer had op deze aarde, door het liefdevolle gebed van haar herder en haar daden, die God behaagden, groeide haar geloof heel snel en was ze in staat om het Tweede Koninkrijk binnen te gaan.

Haar geloof groeide eigenlijk heel snel vlak voor ze stierf. Ze richtte zich op gebed en verspreidde duizenden gemeente nieuwsbrieven in haar buurt. Ze keek niet naar zichzelf, maar diende enkel getrouw de Here.

Ze vertelde mij over haar huis waarin ze zou leven in de hemel. Ze zei dat, ondanks dat het een eenverdiepingsgebouw was, het gedecoreerd was met hele mooie bloemen en bomen, en dat het zo groot en prachtig is, wat niet vergeleken kan worden met een huis van deze aarde.

Natuurlijk, vergeleken met de huizen van het Derde Koninkrijk of het Nieuwe Jeruzalem, lijkt het op een rietendak huis, maar ze was zo dankbaar en tevreden, omdat ze het niet verdiend had om dit te hebben. Ze wilde de volgde boodschap overbrengen aan haar gezinsleden, zodat deze naar het Nieuwe Jeruzalem zouden gaan.

> "De hemel is nauwkeurig onderverdeeld. De glorie en het licht zijn in elke plaats zo verschillend, ik spoor hen aan en bemoedig hen opnieuw en opnieuw om het Nieuwe Jeruzalem binnen te gaan. Ik zou mijn gezinsleden, die nog op de aarde zijn, willen zeggen, dat het schandelijk is wanneer je niet alle soorten kwaad verworpen hebt, wanneer je God de Vader ontmoet in de hemel. De beloningen die God geeft aan degene die het Nieuwe Jeruzalem binnen gaan en de pracht, statie van de huizen, zijn allen benijdenswaardig, maar ik zou ze willen zeggen hoe spijtig en schandelijk het is, als je niet alle soorten kwaad voor God verwijderd hebt. Ik zou deze

boodschap will overbrengen aan mijn gezinsleden, zodat zij alle soorten kwaad zullen verwerpen en de glorieuze positie van het Nieuwe Jeruzalem binnengaan."

Daarom, spoor ik je aan, om te beseffen hoe kostbaar en waardevol het is om je hart te heiligen en je dagelijkse leven toe te wijden aan het koninkrijk en de gerechtigheid van God, met de hoop op de hemel, zodat je in staat zal zijn om krachtig voort te gaan naar het Nieuwe Jeruzalem.

Mensen die getrouw zijn in alles, maar ongehoorzaam waren, mede door hun eigen verkeerde bouw van gerechtigheid

Laat ons nu eens kijken naar de zaak van een ander lid, die van de Here hield en haar plicht getrouw vervulde, maar niet naar het Derde Koninkrijk ging, vanwege enkele tekorten in haar geloof.

Ze kwam naar de Manmin Joong-ang Church voor de ziekte van haar man, en werd een actief lid. Haar man werd de gemeente binnengebracht op een ligbed, maar zijn pijn ging weg en hij kon opstaan en wandelen. Kun je de vreugde en dankbaarheid voorstellen die ze voelde! Ze was altijd dankbaar aan God, die haar man genezen had en haar dienende voorganger die met liefde bad. Ze was altijd trouw. Ze bad voor het koninkrijk van God, en bad met dankbaarheid voor haar herder, ten alle tijden, wanneer ze wandelde, zat of stond, of zelfs wanneer ze kookte.

Ook, omdat ze van de broeders en zusters in Christus

hield, troostte ze liever anderen dan getroost te worden, ze bemoedigde, en zorgde voor andere gelovigen. Ze wilde alleen maar leven overeenkomstig Gods woord en probeerde haar zonden tot bloedens toe te verwerpen. Ze was nooit naijverig, of verlangde nooit naar wereldse bezittingen, maar richtte zich enkel op het verspreiden van het evangelie aan haar buren.

Omdat ze zo getrouw was aan Gods koninkrijk, werd mijn hart geïnspireerd door de Heilige Geest, kijkende naar haar loyaliteit en vroeg haar de plicht van mijn gemeente dienst op zich te nemen, dan zouden al haar gezinsleden, inclusief haar man, geestelijk geloof krijgen.

Ze kon echter niet gehoorzamen, omdat ze op haar omstandigheden keek en verteerd werd door vleselijke gedachten. Een korte tijd later, stierf ze. Ik was gebroken, en terwijl ik tot God bad, kon ik haar horen belijden tijdens een geestelijk gesprek.

"Zelfs als ik mij bekeer, en mij bekeer van het niet gehoorzamen aan de herder, de klok kan niet teruggedraaid worden. Dus, ik ben alleen maar meer en meer gaan bidden voor het Koninkrijk van God en voor de herder. Een ding moet ik mijn dierbare broeders en zusters zeggen en dat is dat datgene wat de herder bekend maakt, de wil van God is. Het is de grootste zonde om Gods wil niet te gehoorzamen, en samen met dit, is boosheid de grootste zonde. Vanwege dit, gaan mensen moeilijkheden tegemoet, en ik was aanbevolen omdat ik niet boos was, maar vernederde mijn hart, streefde naar gehoorzaamheid met mijn hele hart. Ik ben een persoon geworden die de trompet blaast voor de Here. De dag, wanneer ik mijn dierbare broeders en zusters zal ontvangen, is vlakbij. Ik hoop ernstig dat mijn dierbare broeders en zusters verstandig zijn en geen gebrek hebben, zodat ze ook zullen uitkijken naar die dag."

Ze beleed nog veel meer dan dit, en vertelde mij dat de reden waarom ze niet in het Derde koninkrijk was, vanwege haar ongehoorzaamheid.

"Ik was ongehoorzaam aan enkele dingen totdat ik naar dit Koninkrijk kwam. Ik zei soms, "Nee, nee, nee," terwijl ik luisterde naar de boodschappen. Ik deed mijn plicht niet volkomen. Omdat ik dacht dat ik mijn plicht beter kon vervullen wanneer mijn omstandigheden beter waren, gebruikte ik vleselijke gedachten. Dat was zo'n grote fout in Gods ogen."

Ze zei ook dat ze naijverig was op de bedienaren, en degene die zorgden voor de financieën van de gemeente, iedere keer wanneer ze die zag, dacht ze dat hun beloning in de hemel veel groter was. En toch beleed ze, toen ze naar de hemel ging, dat dat vaak niet het geval was.

"Nee! Nee! Nee! Alleen degene die handelen overeenkomstig Gods wil, ontvangen grote beloningen en zegeningen. Wanneer de leiders een fout maken, is het een veel grotere zonde dan wanneer een gewoon lid een fout maakt. Ze moeten meer bidden. De leiders moeten getrouwer zijn. Ze moeten beter onderwijzen. Ze moeten de bekwaamheid hebben om te onderscheiden. Daarom staat er geschreven in een van de vier evangeliën dat een blinde man een andere blinde man leid. De betekenis van het woord, "Laat niet vele onder u leraars zijn" zal iemand zegenen als hij het beste probeert te doen in zijn positie. Nu, de dag dat we elkaar zullen ontmoeten als Gods kinderen in het eeuwige koninkrijk, is zeer spoedig. Daarom zou iedereen de werken van het vlees moeten verwerpen, rechtvaardig worden, en de goede kwalificaties bezitten als bruid van de Here, zonder enige schaamte wanneer zij voor God staan!"

Daarom zou je moeten beseffen hoe belangrijk het is om te gehoorzamen, niet vanuit plichtsgevoel, maar vanuit de vreugde van je hart en je liefde voor God, en je hart te heiligen. Bovendien, zou je geen kerkganger moeten zijn, maar terug kijken op jezelf welk hemels koninkrijk jij zou binnen gaan als de Vader je ziel nu zou roepen.

Je zou moeten proberen om getrouw te zijn in al plichten en te leven overeenkomstig Gods woord, zodat je volledig geheiligd zal zijn en alle noodzakelijke kwalificaties bezit, klaar om het Nieuwe Jeruzalem binnen te gaan.

1 Korintiërs 15:41 zegt dat de glorie die ieder persoon in de

hemel ontvangt verschillend zal zijn. Het zegt: *"De glans der zon, is anders dan die der maan, en der sterren, want de ene ster verschilt van de andere in glans."* Al degene die gered zijn zullen van het eeuwige leven genieten in de hemel. En toch zullen sommigen in het Paradijs verblijven terwijl anderen in het Nieuwe Jeruzalem zullen zijn, allen overeenkomstig de mate van hun geloof. Het verschil in de glorie is zo groot dat het onbeschrijfelijk is.

Daarom, bid ik in de naam van de Here, dat je niet in het geloof blijft enkel om gered te zijn, maar zoals de boer die al zijn bezitting verkocht om het land te kunnen kopen, en de schat op te kunnen graven, volledig te leef overeenkomstig Gods woord en alle soorten kwaad te verwerpen, zodat je het Nieuwe Jeruzalem binnen zal gaan en zal blijven in de glorie die daar straalt als de zon.

Hoofdstuk 9

Het Derde Koninkrijk van de Hemel

1. Engelen dienen elk kind van God
2. Wat voor soort mensen gaan naar het Derde Koninkrijk?

*Zalig de man, die in verzoeking volhardt,
Want wanneer hij de proef heeft doorstaan,
zal hij de kroon des levens ontvangen,
die Hij beloofd heeft
aan wie Hem liefhebben.*

- Jakobus 1:12 -

God is Geest, en Hij is de goedheid, licht en liefde Zelf. Daarom wil Hij dat Zijn kinderen alle zonde en soorten van kwaad verwerpen. Jezus, die naar deze wereld kwam in een menselijk lichaam, heeft geen smet, omdat Hij God zelf is. Dus wat voor soort persoon zou je moeten zijn om een bruid te worden die de Here zal ontvangen?

Om Gods echte kinderen te worden en een bruid van de Here, die voor eeuwig ware liefde zullen delen met God, moet je het heilige hart van God evenaren en jezelf heiligen door alle soorten kwaad te verwerpen.

Het Derde Koninkrijk der hemelen, welke de plaats is voor dit soort kinderen van God, die heilig zijn en gelijken op Gods hart, is zo verschillend van het Tweede Koninkrijk. Omdat God het kwade haat en goedheid liefheeft, behandeld Hij Zijn kinderen die geheiligd zijn op een zeer bijzondere manier. Wat voor soort plaats is het Derde Koninkrijk dan en hoeveel moet je van God houden om daar heen te gaan?

1. Engelen dienen elk kind van God

De huizen in het Derde koninkrijk zijn veel prachtiger en schitterender dan de eenverdiepings huizen in het Tweede Koninkrijk, het gaat boven elke vergelijking uit. Ze zijn gedecoreerd met vele soorten edelstenen, en hebben alle faciliteiten die de eigenaar wil hebben.

Bovendien, vanaf het Derde Koninkrijk, zal iedereen engelen

hebben om hen te bedienen, en ze zullen hun meester liefhebben en vereren, en hem of haar enkel met het beste dienen.

Engelen die prive dienen

Er staat geschreven in Hebreeën 1:14, *"Zijn zij niet allen dienende geesten, die uitgezonden worden ten dienste van hen, die het heil zullen beërven?"* Engelen zijn beleefde geestelijke wezens. Ze gelijken op menselijke wezens, in de vorm van een van Gods scheppingen, maar ze hebben geen vlees en beenderen, en hebben niets te doen met huwelijken of dood. Ze hebben geen persoonlijkheden zoals mensen, maar hun kennis en kracht zijn veel groter dan die van mensen (2 Petrus 2:11).

Zoals Hebreeën 12:22 spreekt over tienduizendtallen van engelen, zijn er talloze engelen in de hemel. God heeft de orde en rangen gemaakt onder de engelen, hen verschillende taken toegewezen, en hen verschillende autoriteit gegeven overeenkomstig de taak.

Dus er is onderscheid onder de engelen, zoals engel, hemelse menigte, en aartsengel. Bijvoorbeeld, Gabriël, die dient als een burger officier, komt tot je met antwoorden op je gebeden, of Gods plannen en openbaringen (Daniël 9:21-23; Lucas 1:19, 1:26-27). De aartsengel Michaël, die als een militaire officier is, is de bedienaar van het hemelse leger. Hij beheerst de gevechten tegen de boze geesten, en soms breekt hij zelfs de linies van de duisternis (Daniël 10:13-14, 10:21; Judas 1:9; Openbaringen 12:7-8).

Tussen deze engelen, zijn er engelen die hun meester privé dienen. In het Paradijs, het Eerste Koninkrijk en het Tweede

Koninkrijk, zijn er engelen die soms de kinderen van God helpen, maar er is geen enkele engel die de meester privé dient. Er zijn alleen engelen die zorgen voor het gras, of de bloemen langs de weg, of de openbare faciliteiten, om er zeker voor te zorgen dat er geen ongemakken zijn, en er zijn engelen die Gods boodschappen overbrengen.

Maar voor degene die in het Derde Koninkrijk zijn of het Nieuwe Jeruzalem, worden privé engelen als beloning gegeven, omdat ze God hebben liefgehad en Hem zoveel hebben behaagd. Ook, het aantal engelen wat gegeven wordt is verschillend, overeenkomstig de mate dat iemand gelijkt op God en Hem heeft behaagd met gehoorzaamheid.

Wanneer iemand een groot huis heeft in het Nieuwe Jeruzalem, zullen talloze engelen gegeven worden, omdat de eigenaar gelijkt op het hart van God en vele mensen tot redding heeft geleid. Er zullen engelen zijn die voor het huis zorgen, enkele engelen zullen voor de faciliteiten zorgen, en de dingen die ze gekregen hebben als beloningen, en andere engelen dienen de meester privé. Er zullen zeer veel engelen zijn.

Wanneer je naar het Derde Koninkrijk gaat, zullen de engelen je niet alleen privé dienen, maar ook zullen de engelen voor je huis zorgen, en de bezoekers helpen. Je zal zo dankbaar zijn aan God, wanneer je het Derde Koninkrijk binnengaat, omdat Hij je eeuwig zal laten regeren terwijl je bediend wordt door engelen, die Hij je schenkt als eeuwige beloning.

Prachtig persoonlijk huis met meerdere verdiepingen

Rondom de huizen in het Derde Koninkrijk, die gedecoreerd

zijn met mooie bloemen en bomen, met geweldige geuren, zijn tuinen en meren. In de meren zijn vele vissen, en de mensen kunnen gesprekken met hen voeren en hun liefde met hen delen. Ook, spelen de engelen mooie muziek of de mensen kunnen Vader, God prijzen, samen met hen.

In tegenstelling tot de woningen van het Tweede Koninkrijk, die maar een favoriet voorwerp of faciliteit mogen bezitten, kunnen mensen in het Derde Koninkrijk alles bezitten wat ze maar willen, zoals een golfbaan, een zwembad, een wandelpad, een balzaal, enzovoort. Daarom hoeven ze dus niet naar het huis van hun buren te gaan om van iets te genieten wat ze niet hebben, en ze kunnen er van genieten wanneer ze maar willen.

De huizen in het Derde Koninkrijk hebben meerdere verdiepingen, en zijn prachtig, imposant, en groot van maat. Ze zijn zo mooi gedecoreerd dat geen miljardair in deze wereld het zou kunnen imiteren.

Overigens, geen enkel huis in het Derde Koninkrijk heeft een deurnaamplaat. De mensen weten gewoon wiens huis het is, zelfs zonder een deurnaamplaat, omdat de unieke geur, de reinheid en schoonheid van het hart van de meester, stroomt vanuit het huis.

De huizen in het Derde Koninkrijk hebben verschillende geuren en verschillende straling van lichten. Des te meer de meester gelijkt op het hart van God, te mooier en stralender de geur en het licht zijn.

Ook worden er in het Derde Koninkrijk huisdieren en vogels gegeven, en ze zijn veel mooier, stralender en liefelijker dan degene van het Eerste of Tweede Koninkrijk. Bovendien, de wolken auto's worden gegeven voor openbaar gebruik, en de mensen kunnen grenzeloos reizen in de hemel, zoveel als ze willen. Zoals uitgelegd, in het Derde Koninkrijk kunnen de mensen alles wat ze willen, hebben en doen. Het leven in het Derde Koninkrijk gaat alle verbeelding te boven.

De kroon des levens

In Openbaringen 2:10, is er een belofte van "de kroon des levens" die gegeven zal worden aan degene die getrouw geweest zijn, zelfs tot het punt van het sterven voor het Koninkrijk van God.

"Wees niet bevreesd voor hetgeen gij lijden zult. Zie, de Duivel zal sommigen uwer in de gevangenis werpen, opdat gij verzocht wordt, en gij zult een verdrukking hebben van tien dagen. Wees getrouw tot de dood en Ik zal u geven de kroon des levens."

De zin "wees getrouw tot de dood" verwijst hier niet alleen naar getrouw zijn met het geloof door een martelaar te worden, maar ook naar het niet compromiteren met de wereld en volledig geheiligd te worden door alle zonden tot bloedens toe te verwerpen. God beloont allen die het Derde Koninkrijk binnengaan met de kroon des levens, omdat ze getrouw geweest zijn tot de dood en alle beproevingen en moeilijkheden overwonnen hebben (Jakobus 1:12).

Wanneer de mensen in het Derde Koninkrijk het Nieuwe Jeruzalem bezoeken, plaatsen zij een rond teken aan de rechterrand van de kroon des levens. Wanneer mensen van het Paradijs, het Eerste Koninkrijk, of het Tweede Koninkrijk het Nieuwe Jeruzalem bezoeken, plaatsen ze een teken aan de linkerzijde van hun borst. Je kan op deze wijze zien dat de glorie verschillend is voor de mensen in het Derde koninkrijk.

De mensen in het Nieuwe Jeruzalem echter zijn onder Gods speciale zorg, dus zij hebben geen teken nodig om zichzelf te onderscheiden. Ze worden op een zeer buitengewone wijze behandeld als Gods echte kinderen.

De huizen in het Nieuwe Jeruzalem

De huizen in het Derde Koninkrijk zijn heel verschillend van de huizen van het Nieuwe Jeruzalem, qua grootte, schoonheid en glorie.

Ten eerste, laat ons zeggen dat het kleinste huis in het Nieuwe Jeruzalem 100 is, dan is een huis in het Derde Koninkrijk 60. Bijvoorbeeld, als het kleinste huis in het Nieuwe Jeruzalem 1100 vierkante meter is, dan is een huis in het Derde Koninkrijk 660 vierkante meter.

En toch, varieert de grote van de individuele huizen, omdat het geheel afhankelijk is van hoeveel de meester gewerkt heeft om vele zielen te winnen en Gods kerk te bouwen. Zoals Jezus zei in Matteüs 5:5, *"Zalig de zachtmoedigen, want zij zullen de aarde beërven,"* Afhankelijk van het aantal zielen die de eigenaar van het huis naar de hemel leid met een zachtmoedig hart, zal de grote van het huis waarin hij of zij zal wonen overeenkomstige grote hebben.

Dus er zijn vele huizen, meer dan duizenden vierkante meters in het Derde Koninkrijk en in het Nieuwe Jeruzalem, maar zelfs het grootste huis in het Derde koninkrijk is veel kleiner dan die van het Nieuwe Jeruzalem. Behalve de grootte, de vorm, de schoonheid en de edelstenen waarmee ze gedecoreerd zijn, zijn ze onmetelijk verschillend.

In het Nieuwe Jerzualem, zijn er niet alleen de twaalf edelstenen voor het fundament, maar ook vele andere mooie edelstenen. Er zijn edelstenen die onvoorstelbaar groot zijn met hele mooie kleuren. Er zijn zovele soorten edelstenen, dat je ze niet allemaal kan benoemen, en sommige van hen hebben dubbele of dievoudige, overlappende lichten.

Natuurlijk zijn er vele edelstenen in het Derde Koninkrijk. Echter, ondanks zijn variaties, kunnen de edelstenen van het Derde Koninkrijk niet vergeleken worden met die van het Het Nieuwe Jeruzalem. Er zijn geen edelstenen die dubbel of drievoudig schijnen in het Derde Koninkrijk. De edelstenen hebben veel mooier licht, vergeleken met degene van het eerste of Tweede Koninkrijk, er zijn enkel maar eenvoudige en basis edelstenen, en zelfs de zelfde soort edelsteen is veel minder mooi dan die in het Nieuwe Jeruzalem.

Dat is de reden waarom de mensen van het Derde Koninkrijk, die buiten het Nieuwe Jeruzalem blijven, die vol is van Gods glorie, er naar kijken en verlangen om daar voor eeuwig te zijn.

"Had ik maar een beetje beter mijn best gedaan, en getrouwer geweest in geheel Gods huis...."
"Als de Vader mijn naam nog maar een keer roept..."
"Als ik nog maar eens werd uitgenodigd..."

Er is een onbeschrijfelijke mate van geluk en schoonheid in

het Derde Koninkrijk, maar ze kunnen niet vergeleken worden met die van het Nieuwe Jeruzalem.

2. Wat voor soort mensen gaan naar het Derde Koninkrijk?

Wanneer je je hart opent en Jezus Christus aanneemt als je persoonlijke Redder, komt de Heilige Geest en onderwijst je over de zonde, de gerechtigheid en het oordeel, en laat je de waarheid beseffen. Wanneer je het woord van God gehoorzaamt, alle soorten kwaad verwerpt en geheiligd wordt, kom je ziel in een volkomen gezonde staat – op het vierde niveau van geloof.

Iemand die het vierde niveau van geloof bereikt, houdt zoveel van God en is geliefd door God en gaat het Derde Koninkrijk binnen. Welke mensen precies hebben het geloof waarmee ze het Derde Koninkrijk kunnen binnengaan?

Geheiligd worden door alle soorten kwaad te verwerpen

Tijdens de Oude-Testamentische tijden, ontvingen mensen de Heilige Geest niet. Dus, konden ze niet hun zonde verwerpen, die diep in hun hart was, uit hun eigen kracht. Daarom deden ze de natuurlijke besnijdenis, en tenzij het kwade echt te zien was, werd het niet als zonde gezien. Zelfs wanneer iemand de gedachte had om iemand te vermoorden, werd het niet als zonde beschouwd, zolang deze gedachte niet in actie werd omgezet. Alleen de zonde die werkelijk gedaan werd, werd als zonde beschouwd.

Tijdens de Nieuw-Testamentische tijden echter, wanneer je de Here Jezus Christus aanneemt, komt de Heilige Geest in je hart. Tenzij je hart geheiligd is, kan je het derde Koninkrijk niet binnengaan. Dat komt omdat je je hart kan besnijden met de hulp van de Heilige Geest.

Daarom, kan je het Derde Koninkrijk alleen maar binnengaan als je alle soorten kwaad, zoals haat, overspel, hebzucht, en dergelijke hebt verworpen, en dan geheiligd wordt. Wat voor een soort persoon heeft een geheiligd hart? Hij is degene die dat soort geestelijke liefde heeft die beschreven staat in 1 Korintiërs 13, de negen vruchten van de Heilige Geest in Galaten 5, en de Zaligspreking in Matteüs 5, en die lijkt op de heiligheid van de Here.

Natuurlijk, betekent het niet dat hij op hetzelfde niveau is als de Here. Ongeacht hoeveel een mens zijn zonde verwerpt en geheiligd wordt, zijn niveau is zo verschillend van dat van God, die de oorsprong van het licht is.

Daarom om je hart te heiligen, moet je eerste goede grond maken in je hart. Met andere woorden, je zou je hart van goede grond moeten maken, door datgene wat de Bijbel zegt om niet te doen, na te laten en wat de Bijbel zegt om te verwerpen, ook te verwerpen. Alleen dan, zal je in staat zijn om goede vruchten te dragen, wanneer het zaad gezaaid wordt. Net zoals een boer, het zaad zaaid nadat hij het land gereinigd heeft, zal het zaad binnen in je ontspruiten, bloeien, en vruchten dragen nadat je gedaan hebt wat God je zei om te doen en te onderhouden datgene wat Hij zei om te onderhouden.

Daarom verwijst heiliging naar een staat wanneer iemand gereinigd is van de oorspronkelijke en zelf-toegewijdde zonden, door het werk van de Heilige Geest, nadat hij wedergeboren is door het water en de Heilige Geest, door te geloven in de verlossende kracht van Jezus Christus. Vergeven worden van je zonden, door te geloven in het bloed van Jezus Christus is anders dan het verwerpen van de natuur van de zonde binnen in je, met de hulp van de Heilige Geest, door ernstig te bidden en periodiek door vasten.

Jezus Christus aannemen en Gods kind worden, betekent niet dat alle zonden in je hart volledig verwijderd zijn. Je hebt nog steeds het kwade in je zoals haat, hoogmoed, en dergelijke, en dat is de reden waarom het proces van het ontdekken van het kwade, zo belangrijk is, door naar het woord van God te luisteren en tot bloedens toe ertegen te strijden (Hebreeën 12:4).

Dit is hoe je de werken van het vlees kan verwerpen en voorwaarts kan gaan naar heiliging. De staat waarin je niet alleen de werken van het vlees hebt verworpen, maar ook de verlangens, begeertes van het vlees in je hart, is het vierde niveau van geloof, de staat van heiliging.

Enkel geheiligd na het verwerpen van de zondige natuur

Wat dan zijn de zonden van iemands natuur? Dat zijn alle zonden die doorgegeven zijn door de levenszaden van iemand ouders, vanaf de ongehoorzaamheid van Adam. Bijvoorbeeld, je kan een baby zien, die nog geen jaar oud is, en een boos denken heeft. Ondanks dat zijn moeder hem nooit zoiets kwaad geleerd heeft, zoals haat of jaloezie, zou hij boos worden en boze handelingen doen, als zijn moeder haar borst aan de baby van de buren zou geven. En hij zal proberen om de baby van de buren weg te duwen, en beginnen te huilen, vervuld met boosheid, als de baby niet zou weggaan van zijn moeder.

Evenzo, de reden waarom zelfs een baby boze handelingen laat zien, ondanks dat hij ze nooit geleerd heeft, komt omdat er zonde in zijn natuur is. Ook zelf-toegewijdde zonde zijn de zonde die geopenbaard worden in lichamelijke daden, die de zondevolle begeertes van het hart volgen.

Natuurlijk, wanneer je geheiligd bent van de oorspronkelijk zonde, is het vanzelfsprekend dat je de zelf-toegewijdde zonde zal verwerpen, omdat de wortel van de zonde verwijderd is.

Daarom, is geestelijke wedergeboorte het begin van heiliging, en heiliging de vervolmaking van wedergeboorte. Daarom, als je opnieuw geboren bent, hoop ik dat je een succesvol Christelijk leven zal leven om de heiliging te bereiken.

Als je echt geheiligd wil worden en het verloren beeld van God wil herstellen, en je best probeert te doen, dan zal je in staat zijn om de zonde in je natuur te verwerpen, door de genade en kracht van God en met de hulp van de Heilige Geest. Ik hoop dat je zal gelijken op Gods heilige hart, zoals Hij je aanspoort, *"Weest heilig, want Ik ben heilig"* (1 Petrus 1:16).

Geheiligd, maar niet volledig getrouw in Gods gehele huis

God stond mij toe om een geestelijk gesprek te hebben met een persoon die al gestorven is, en gekwalificeerd is om het Derde Koninkrijk binnen te gaan. De poort van haar huis is gedecoreerd met parels als een boog, en dat komt omdat ze zoveel gebeden heeft met haar tranen in droefheid en met volharding, toen ze op deze aarde was. Ze was zo'n getrouwe gelovige die bad voor het koninkrijk en de gerechtigheid van God, en voor haar gemeente en zijn bedienaren en leden met zo'n volharding en tranen.

Voordat ze de Here had ontmoet, was ze zo arm en ongelukkig dat ze niet eens een stukje goud kon bezitten. Toen ze de Here aanvaardde, kon ze rennen naar de heiliging, omdat ze de waarheid kon gehoorzamen, nadat ze het besefte, door het luisteren naar Gods woord.

Ze kon ook haar plicht vervullen, omdat ze vele onderwijzingen ontving van een bedienaar die God zeer liefheeft, en hem goed diende. Daarom, kon ze in een mooiere en glorieuzere plaats komen, in het Derde Koninkrijk.

Bovendien, zal er een schitterende edelsteen van het Nieuwe Jeruzalem geplaatst worden in de deur van haar huis. Dit is de edelsteen die gegeven wordt aan haar door de bedienaar die ze diende op aarde. Hij zal van zijn edelstenen nemen uit zijn woonkamer en die in de deur van haar huis plaatsen, wanneer hij haar bezoekt. Deze edelsteen zal een teken zijn dat de bedienaar, die ze gediend heeft op deze aarde, haar mist, omdat ze het Nieuwe Jeruzalem niet binnen kon gaan, ondanks dat ze hem heel veel geholpen heeft op deze aarde. Vele mensen in het Derde Koninkrijk zullen deze edelsteen benijden.

Ze vindt het echter spijtig dat ze niet in staat is om het Nieuwe Jeruzalem binnen te gaan. Als ze voldoende geloof had gehad om het Nieuwe Jeruzalem binnen te gaan, zou ze bij de Here geweest zijn en bij de bedienaar die ze op deze aarde diende, en andere geliefde mede-leden van haar gemeente in de toekomst. Als ze een klein beetje getrouwer geweest was op deze aarde, zou ze het Nieuwe Jeruzalem binnen zijn gegaan, maar vanwege ongehoorzaamheid mistte ze de gelegenheid, toen die aan haar gegeven werd.

En toch, was ze zo dankbaar en diep bewogen vanwege de glorie die aan haar gegeven werd in het Derde Koninkrijk, en beleed als volgt. Ze is enkel dankbaar omdat ze de kostbare dingen als beloningen ontvangen heeft, waarvan ze er geen enkele door haar eigen verdienste had verdient.

"Ook al kon ik niet in het Nieuwe Jeruzalem gaan, waar het vol is van de Vaders glorie, omdat ik niet in alles volmaakt was, heb ik mijn huis in dit mooie Derde Koninkrijk. Mijn huis is zo groot en zo mooi. Ondanks dat het niet vergeleken kan worden met de huizen van het Nieuwe Jeruzalem, heb ik zovele fantastische en wonderlijke dingen gekregen, welke de wereld zich niet eens kan voorstellen.

Ik heb niets gedaan. Ik heb niets gegeven. Ik heb niet echt iets behulpzaams gedaan. En ik heb niet iets vreugdevols voor de Here gedaan. En toch, de glorie die ik hier heb is zo groot, dat ik enkel spijt kan hebben en dankbaar kan zijn. Ik geef dank aan God, die mij heeft toegestaan om in deze glorieuze plaats in de Derde Koninkrijk te verblijven."

Mensen met het geloof van martelarenschap

Net zoals degene die God zo liefhebben en geheiligd worden

in hun hart, kunnen het Derde Koninkrijk binnengaan, je kan het Derde koninkrijk tenminste binnengaan, als je het geloof van martelarenschap hebt, waarmee je alles kan offeren, zelfs je leven, voor God.

De leden van de Eerste Christenlijke gemeentes, die hun geloof behielden totdat ze onthoofd werden, opgegeten werden door de leeuwen in het Coloseum in Rome, of verbrand werden, zullen de beloning van een martelaar ontvangen in de hemel. Het is niet gemakkelijk om een martelaar te worden onder zulke hevige vervolgingen en bedreigingen.

Om je heen zijn er vele mensen die de dag van de Here niet heiligen, of die hun God-gegeven plicht negeren, vanwege hun begeerte naar geld. Dit soort mensen, die niet eens zo'n klein ding kunnen gehoorzamen, kunnen nooit hun geloof behouden in een levensbedreigende situatie, minder nog een martelaar te worden.

Wat voor soort mensen hebben het geloof van martelaren? Dat zijn degene die rechtvaardige en onveranderlijke harten hebben zoals Daniël, van het Oude-Testament. Degene die op twee gedachten hinken, en hun eigen welzijn zoeken, compromiteren met de wereld, hebben echter een kleine kans om een martelaar te worden.

Degene die echte martelaren kunnen worden moeten een onveranderlijk hart hebben zoals Daniël. Hij behield de gerechtigheid van het geloof, wetende dat hij in de leeuwenkuil zou belanden. Hij behield zijn geloof zelfs tot het laatste ogenblik, wanneer hij in de leeuwenkuil geworpen werd, door de list van slechte mensen. Daniël week nooit af van de waarheid, omdat zijn hart rein en zuiver was.

Zo was het ook met Stefanus van het Nieuwe Testament. Hij werd tot de dood gesteend, terwijl hij het evangelie van de Here preekte. Stefanus was ook een geheiligd man die kon bidden voor degene die hem stenigden, ondanks zijn onschuld. Dus, hoeveel zou de Here van hem houden? Hij zal voor eeuwig met de Here wandelen in de hemel, en zijn schoonheid en glorie zal ontzagwekkend zijn. Daarom zou je moeten beseffen dat het belangrijkste ding is, om de gerechtigheid en heiliging in je hart te bereiken.

Er zijn maar enkelen die het echte geloof hebben vandaag, de dag. Zelfs Jezus vroeg, *"Doch, als de Zoon des mensen komt, zal Hij dan het geloof vinden op aarde?"* (Lucas 18:8) Hoe kostbaar zou het zijn in de ogen van God, als jij een geheiligd kind werd, door het geloof te behouden en alle soorten kwaad, zelfs in deze wereld vol van zonde, te verwerpen?

Daarom, bid ik in de naam van de Here, dat je ernstig zal bidden en je hart snel zal heiligen, uitziende naar de glorie en beloningen die God, de Vader aan je zal geven in de hemel.

Hoofdstuk 10

Het Nieuwe Jeruzalem

1. Mensen in het Nieuwe Jeruzalem zien God van aangezicht tot aangezicht

2. Wat voor soort mensen gaan naar het Nieuwe Jeruzalem?

*En ik zag de heilige stad,
een Nieuw Jeruzalem,
Nederdalende uit de hemel, van God,
Getooid als een bruid,
Die voor haar man versierd is.*

- Openbaringen 21:2 -

In het Nieuwe Jeruzalem, welke de mooiste plaats van de hemel is en vol van Gods glorie, daar is Gods troon, de kastelen van de Here en de Heilige Geest, en de huizen van de mensen die God zoveel met het hoogste niveau van geloof behaagd hebben. De huizen in het Nieuwe Jeruzalem zijn op de mooiste manieren gemaakt, zoals de meesters van de huizen het liefste zouden willen. Om het Nieuwe Jeruzalem, zo helder en mooi als kristal, binnen te gaan, en de echte liefde voor eeuwig met God te delen, moet je niet alleen lijken op Gods heilige hart, maar ook je volledige plicht vervullen, zoals de Here Jezus deed.

Wat voor soort plaats is het Nieuwe Jeruzalem nu, en wat voor soort mensen gaan er heen?

1. Mensen in het Nieuwe Jeruzalem zien God van aangezicht tot aangezicht

Het Nieuwe Jeruzalem, ook wel de hemelse Heilige stad genoemd, is zo mooi als een bruid die zichzelf versierd voor haar man. De mensen hier hebben het voorrecht om God van aangezicht tot aangezicht te ontmoeten, omdat Zijn troon daar is.

Het wordt ook de "stad van glorie" genoemd, omdat je de glorie van God voor eeuwig zal ontvangen wanneer je het Nieuwe Jeruzalem binnen gaat. De muren zijn van jasper, en de stad van zuiver goud, zo zuiver als glas. Het heeft drie poorten aan iedere vier zijden – noorden, zuiden, oosten en westen

– en er is een engel om iedere poort te bewaken. De twaalf fundamenten van de stad zijn gemaakt van twaalf verschillende edelstenen.

De Twaalf paarlenpoorten van het Nieuwe Jeruzalem

Waarom zijn de twaalf poorten van het Nieuwe Jeruzalem dan gemaakt uit parels? Een schelp bestaat een lange tijd en gebruikt al zijn sap om een parel te maken. Op dezelfde manier, moet je de zonde verwerpen, er tot bloedens toe tegen vechten, en getrouw zijn voor God tot de dood, in volharding en zelfbeheersing. God heeft de paarlenpoorten gemaakt, omdat je je omstandigheden met vreugde moet overwinnen om je God gegeven plicht te volbrengen, ondanks dat je over een smal pad moet gaan.

Dus wanneer een persoon die het Nieuwe Jeruzalem binnengaat, door de paarlen poort gaat, stromen er tranen van vreugde en opwinding. Hij geeft alle onuitsprekelijke dank en glorie aan God, die hem geleid heeft naar het Nieuwe Jeruzalem.

Wat ook een reden is, waarom God de twaalf fundamenten uit twaalf verschillende edelstenen maakte, is de combinatie van de betekenis van de twaalf edelstenen in het hart van de Here en de Vader.

Daarom zou je de geestelijke betekenissen moeten beseffen van iedere edelsteen en de geestelijke betekenis ervan in je hart moeten bereiken om het Nieuwe Jeruzalem binnen te gaan. Ik zal dit tot in detail uitleggen in de *Hemel II: Vol van de glorie van God.*

De huizen in het Nieuwe Jeruzalem zijn in volmaakte eenheid en verscheidenheid

De huizen in het Nieuwe Jeruzalem zijn als kastelen qua grootte en schittering. Elkeen is uniek overeenkomstig de voorkeuren van de eigenaar, en is volmaakt in eenheid en van verscheidenheid. Ook de verschillende kleuren en lichten die uit de edelstenen komen, laten je de schoonheid en glorie bovenmate voelen.

De mensen kunnen erkennen, wie het huis toebehoort, door er alleen maar naar te kijken. Ze kunnen begrijpen hoeveel de eigenaar God behaagd heeft, toen hij of zij op de aarde was, door te kijken naar het licht van glorie en de edelstenen die het huis decoreren.

Bijvoorbeeld, het huis van een persoon die een martelaar werd toen hij op deze aarde leefde, zal gedecoreerd worden en verslag geven over het hart van de eigenaar en zijn prestaties tot het martelarenschap. Het verslag staat gegraveerd in een gouden plaat en schijnt stralend. Er zou het volgde op kunnen staan, "De eigenaar van dit huis werd een martelaar en vervulde de wil van de Vader op de _ste dag van de _ste maand in het jaar ___."

Zelfs vanaf de poort, kunnen mensen het stralende licht zien dat komt vanaf de gouden plaat, waar de prestaties van de eigenaar op gegraveerd staan, en al degene die het zien zullen zich buigen. Martelarenschap is zo'n grote glorie en beloning, en het is een trots en vreugde van God.

Omdat er geen kwaad in de hemel is, buigen mensen automatisch hun hoofden, overeenkomstig de stand en de diepte waarin hij door God geliefd is. Net zoals mensen een gedenkplaat geven als dank of verdienstelijke diensten, om grote prestaties te vieren, geeft God ook een gedenkplaat aan iedereen, omdat ze Hem de glorie gaven. Je kan zien dat de geuren en de lichten verschillen overeenkomstig de soort van gedenkplaat.

Bovendien, voorziet God in de huizen van de mensen iets waarmee ze zich iets van hun leven op aarde kunnen herinneren. Natuurlijk, kan je zelfs in de hemel terug kijken naar gebeurtenissen van het verleden van deze aarde, op iets zoals een televisie.

De kroon van goud of gerechtigheid

Wanneer je het Nieuwe Jeruzalem binnen treed, zal je voornamelijk je persoonlijke huis ontvangen, en de gouden kroon, en de kroon der rechtvaardigheid, zal je ontvangen als beloning overeenkomstig je daden. Dit is de meest glorieuze en mooiste kroon in de hemel.

God Zelf geeft de gouden kroon als beloning aan degene die het Nieuwe Jeruzalem binnen gaan, en rondom de Troon van God zijn vierentwintig oudsten met de gouden kronen.

"En rondom de troon, waren vierentwintig tronen; en op die tronen waren vierentwintig oudsten gezeten, in witte kleden gekleed en met gouden kronen op hun hoofden" (Openbaringen 4:4).

"Oudsten" verwijst hier niet naar de titel die gegeven werd, in de eerste gemeenten, maar naar degene die rechtvaardig zijn in de ogen van God en erkent worden door God. Ze zijn geheiligd en hebben het heiligdom van hun hart bereikt, als mede het zichtbare heiligdom. "Het heiligdom van het hart bereiken" verwijst hier om een persoon te worden van de geest, door alle soorten kwaad te verwerpen. Het zichbare heiligdom bereiken betekent, de plichten volledig vervullen op deze aarde.

Het getal "vierentwintig" staat voor alle mensen die de poort van redding zijn binnengegaan door geloof zoals de twaalf stammen van Israël en geheiligd werden zoals de twaalf discipelen van Jezus, de Here. Daarom, verwijst "vierentwintig oudsten" naar de kinderen van God, die erkent zijn door God en getrouw zijn in geheel Gods huis.

Daarom, degene die geloof hebben als goud, welke nooit veranderd, zullen de kroon van goud ontvangen, en degene die verlangen naar de verschijning van de Here, zoals de apostel Paulus, zullen de kroon der rechtvaardigheid ontvangen.

"Ik heb de goede strijd gestreden, ik heb mijn loop ten einde gebracht, ik heb het geloof behouden; voorts ligt voor mij gereed de krans der rechtvaardigheid, welke ten dien dage, de rechtvaardige Rechter, mij geven zal, doch niet alleen mij, maar ook allen, die zijn verschijning hebben liefgehad" (2 Timoteüs 4:7-8).

Degene die verlangen naar de verschijning van de Here, zullen voornamelijk leven in het licht en in de waarheid, en zullen goedbereidde vaten worden en bruiden van de Here. Daarom zullen ze de kronen overeenkomstig ontvangen.

De apostel Paulus was niet overweldigd door wat voor vervolging of moeilijkheid, maar probeerde alleen maar Gods koninkrijk uit te bereiden en Zijn gerechtigheid te bereiken in alles wat hij deed. Hij openbaarde Gods glorie op een grote wijze, iedere keer wanneer hij ging met zijn inspanning en volharding. Daarom heeft God de kroon der rechtvaardigheid bereid voor de apostel Paulus. En Hij zal het geven aan iedereen die verlangt naar de verschijning van de Here zoals hij.

Elk verlangen van hun hart zal vervuld worden

Wat je in je gedachten had op aarde, waar je van hield om te doen, maar hebt opgegeven voor de Here – zal God je al deze dingen als mooie beloningen teruggeven in het Nieuwe Jeruzalem.

Daarom, hebben de huizen in het Nieuwe Jeruzalem alles wat je wil hebben, zodat je alles kan doen wat je wil doen. Sommige huizen hebben een meer, zodat de eigenaar kan gaan varen en sommigen hebben een bos zodat ze kunnen gaan wandelen. Mensen kunnen er ook van genieten om met hun geliefde te praten terwijl ze aan een theetafel zitten op de hoek van een mooie tuin. Er zijn huizen met graslanden, die bedekt zijn met gazon en bloemen, zodat mensen kunnen wandelen of lofzingen met verschillende vogels en mooie dieren.

Op deze manier, heeft God alles wat je maar wilde op deze aarde, voor je gemaakt in de hemel, zonder dat er ook maar een voorwerp ontbreekt. Hoe diep bewogen zal je wel niet zijn, wanneer je al deze dingen ziet die God met grote zorg, voor jou heeft voorbereid?

Eigenlijk, is het in staat zijn om het Nieuwe Jeruzalem binnen te gaan, al een bron van vreugde op zich. Je zal leven in onveranderlijke gelukzaligheid, glorie en schoonheid voor eeuwig. Je zal vol vreugde en opwinding zijn, wanneer je naar de grond, naar de lucht of waar je ook maar kijkt.

Mensen voelen zich vredevol, aangenaam, en veilig, alleen maar door in het Nieuwe Jeruzalem te verblijven, omdat God het gemaakt heeft voor Zijn kinderen, die Hem echt liefhebben, en elke hoek is vervuld met Zijn liefde.

Dus, in alles wat je doet – of je nu wandelt, rust, speelt, eet of met andere mensen spreekt – je zal gevuld zijn geluk en vreugde. Bomen, bloemen, gras en zelfs de dieren zijn allemaal liefelijk, en je zal de glorie voelen met pracht, van de muren van de kastelen, decoraties, en de faciliteiten in het huis.

In het Nieuwe Jeruzalem, is de liefde voor God, de Vader als een fontein en je zal vervuld zijn met eeuwige gelukzaligheid, dankbaarheid en vreugde.

God zien van aangezicht tot aangezicht

In het Nieuwe Jeruzalem, daar waar het hoogste niveau van glorie, schoonheid en gelukzaligheid is, kan je God ontmoeten van aangezicht tot aangezicht en wandelen met de Here, en kan je voor eeuwig en eeuwig met je geliefden leven.

Je zal niet alleen bewonderd worden door de engelen en de hemelse menigten, maar ook door alle mensen in de hemel. Bovendien, zal je persoonlijke engel je dienen als een koning, en alles wat je wil of nodig hebt volkomen tegemoetkomen. Als je wil vliegen in de lucht, zal je wolken auto komen en vlak voor je voeten stoppen. Zodra je in de wolken auto zit, kan je ermee in de lucht vliegen, zoveel als je maar wil, of kan je op de grond rijden. Dus als je het Nieuwe Jeruzalem binnen gaat, kan je God van aangezicht tot aangezicht zien, voor eeuwig met je geliefden wonen, en alles wat je begeert zal je onmiddellijk geschonken worden. Je kan alles bezitten wat je wil, en ook behandeld worden zoals een prins of een princes, uit een sprookje.

Deelnemen aan feestmalen in het Nieuwe Jeruzalem

In het Nieuwe Jeruzalem, zijn er vele feestmalen. Soms is de Vader gastheer van de feestmalen, of soms de Here of de Heilige Geest. Je kan de vreugde van het hemelse leven heel goed voelen door deze maaltijden. Je kan de overvloed, vrijheid, schoonheid en vreugde voelen in een oogopslag tijdens deze feestmalen.

Wanneer je deelneemt aan de feestmalen die gehouden worden door de Vader, zal je de beste kleren en decoraties aandoen, het beste eten en drinken krijgen. Je zal ook genieten van de allerliefste en mooiste muziek, lofprijs, en dans. Je kan naar de engelen kijken die dansen, of soms kan je zelf dansen om God te behagen.

Engelen zijn mooier en volmaakter in technieken, maar God heeft meer behagen met de geur van Zijn kinderen, die Zijn hart kennen en van Hem houden vanuit hun harten.

Degene die dienden tijdens de aanbiddingsdiensten aan God op deze aarde, zullen ook dienen tijdens deze feestmalen, om het nog gelukzaliger te maken, en degene die God prezen met zingen, dansen, en spelen zullen hetzelfde doen tijdens de hemelse feestmalen.

Je zal een zachte, donzige jurk aantrekken met vele patronen, een wonderlijke kroon, en decoraties van edelstenen, met geweldige lichten. Je zal ook in een wolken auto rijden of in een gouden wagen, welke begeleid wordt door de engelen die de feestmalen bijwonen. Stroomt je hart niet over van vreugde, enkel door al deze dingen voor te stellen?

Varend feest in de zee van glas

In de mooie zee van de hemel, stroomt helder en rein water, dat lijkt op kristal zonder enige vlek of smet. Het water van de blauwe zee heeft zachte golven, door de bries, en het schijnt stralend. Vele soorten vis zwemmen in het water, dat zo transparant is, en wanneer mensen hen benaderen, verwelkomen ze hen met hun vinnen en belijden hun liefde.

Ook koralen van vele kleuren, bedekken groepen en zwaaien. Elke keer wanneer ze bewegen, geven ze de lichten van die mooie kleuren weer. Hoe wonderlijk is het zicht! Er zijn vele kleine eilanden in de zee, en ze zien er prachtig uit. Bovendien, cruise schepen, zoals de "Titanic" varen er rond en er zijn ook aan boord feestmalen.

Deze schepen zijn toegerust met allerlei soorten faciliteiten, inclusief aangename logies, bowling plaatsen, zwembaden, en balzalen, zodat mensen alles kunnen doen wat ze willen.

Om enkel al deze festiviteiten op deze schepen voor te stellen, welke veel groter en geweldiger gedecoreerd zijn dan enig luxe cruise schip op deze aarde, met de Here en de geliefden, zal zo'n grote vreugde zijn.

2. Wat voor soort mensen gaan naar het Nieuwe Jerzualem?

Degene die het geloof zoals goud hebben, die de verschijning van de Here liefhebben, en die zichzelf voorbereiden als bruiden voor de Here, zullen het Nieuwe Jeruzalem binnen gaan. Wat voor soort persoon moet je dan zijn om het Nieuwe Jeruzalem binnen te gaan, dat zo helder en mooi als kristal is en vol van Gods genade?

Mensen met geloof om God te behagen

Het Nieuwe Jeruzalem is de plaats voor degene die op het vijfde niveau van geloof zijn – degene die niet alleen hun volledige harten hebben geheiligd, maar ook getrouw waren in geheel Gods huis.

Geloof wat God behaagd, is het soort geloof waarmee God geheel geheiligd is, zodat Hij de verzoeken en verlangens van Zijn kinderen wil vervullen, nog voordat ze er naar vragen.

Hoe kan je God behagen? Ik zal je een voorbeeld geven. Laat ons zeggen dat een vader thuis komt van zijn werk, en tegen zijn twee zonen zegt dat hij dorst heeft. De eerste zoon, die weet dat zijn vader van frisdrank houdt, brengt hem een Cola of Sprite. Ook geeft de zoon zijn vader een massage, voor het comfort van zijn vader, ondanks dat de vader er niet om gevraagd had.

Aan de andere kant, brengt de tweede zoon hem een glas water en gaat terug naar zijn kamer. Welke van de twee zonen, heeft zijn vader nu het meeste behaagd, begrijpende het hart van de vader?

In plaats van de zoon, die hem enkel een glas water bracht, om zijn vaders woord te gehoorzamen, had de vader meer behagen in de zoon die hem een glas Cola bracht, die hij graag wilde en een massage gaf waar hij niet om had gevraagd.

Op dezelfde wijze, ligt het verschil tussen degene die het Derde Koninkrijk binnen gaan en het Nieuwe Jeruzalem in de mate waarnaar de mensen het hart van God de Vader hebben behaagd en getrouw waren overeenkomstig de wil van de Vader.

Mensen van de gehele geest met het hart van de Here

Degene die het geloof hebben wat God behaagd, vullen hun hart enkel met de waarheid, en zijn getrouw in geheel Gods huis. Getrouw zijn in geheel Gods huis, betekent het volbrengen van je plichten meer dan dat iemand verwacht wordt om te doen met het geloof in Christus Zelf, die de wil van God gehoorzaamde tot de dood, niet bezorgd zijnde over zijn eigen leven.

Daarom, degene die getrouw zijn in geheel Gods huis, doen de werken niet uit hun eigen denken en gedachten, maar alleen met het hart van de Here, het geestelijke hart. Paulus beschrijft het hart van de Here Jezus in Filippenzen 2:6-8.

"[Jezus], die in de gestalte Gods zijnde, het Gode gelijk zijn niet als een roof heeft geacht, maar Zichzelf ontledigd heeft, en de gestalte van een dienstknecht heeft aangenomen, en aan de mensen gelijk geworden is. En in zijn uiterlijk als een mens bevonden, heeft Hij zich vernederd en is gehoorzaam geworden tot de dood, ja, tot de dood des kruises."

Daarom verhoogde God Hem, en gaf Hem de naam boven alle namen, liet Hem zitten aan de rechter hand van Gods troon met glorie, en gaf Hem autoriteit als de "Koning der koningen" en de "Here der heerscharen."

Dus, net zoals Jezus deed, moet jij in staat zijn om Gods wil onvoorwaardelijk te gehoorzamen, om het geloof te hebben om het Nieuwe Jeruzalem binnen te gaan. Dus degene die het Nieuwe Jeruzalem kan binnen gaan, moet in staat zijn om zelfs de diepte van Gods hart te begrijpen. Dit soort persoon behaagd God omdat hij getrouw is tot de dood, om de wil van God te volgen.

God zuivert Zijn kinderen om hen te leiden om geloof te hebben als goud, zodat ze in staat zullen zijn om het Nieuwe Jeruzalem binnen te gaan. Net zoals een mijnwerker wast en filtert terwijl hij op zoek is naar goud, gedurende een lange tijd, houdt God Zijn ogen gericht op Zijn kinderen wanneer ze veranderen in mooie zielen en hun zonde wegwassen met Zijn woord. Iedere keer wanneer Hij kinderen vindt die geloof hebben als goud, verheugd Hij zich over al Zijn pijnen, foltering, en zorgen die Hij doorstaan heeft om het doel van de menselijk ontginning te bereiken.

Degene die het Nieuwe Jeruzalem binnen gaan zijn echte kinderen die God gewonnen heeft door een lange tijd te wachten totdat hun harten veranderden in het hart van de Here en de gehele geest bereikten. Ze zijn zo kostbaar voor God en Hij zal hen zo liefhebben. Dat is de reden waarom God dat zo aandringt in 1 Tessalonissenzen 5:23, *"En Hij, de God des vredes, heilige u geheel en al, en geheel uw geest, ziel en lichaam moge bij de komst van de Here Jezus Christus blijken in alle dele onberispelijk bewaard te zijn."*

Mensen vervullen de plicht van martelarenschap met vreugde

Martelarenschap is iemand die zijn leven opgeeft. Dus, het vereist een standvastige vastberadenheid en grote toewijding. De glorie en troost die iemand ontvangt na het opgeven van zijn leven om Gods wil te bereiken, zoals Jezus dat deed, gaat alle begrip te boven.

Natuurlijk heeft iedereen die het Derde Koninkrijk of het Nieuwe Jeruzalem binnen gaat het geloof om een martelaar te worden, maar degene die feitelijk een martelaar wordt, ontvangt veel grotere glorie. Als je niet in de toestand bent om een martelaar te worden, moet je het hart van een martelaar hebben, heiligheid bereikt hebben, en je plichten volledig vervuld hebben om de beloning van een martelaar te ontvangen.

God openbaarde mij een keer, de glorie, van een bedienaar van mijn gemeente, die hij zal ontvangen in het Nieuwe Jeruzalem, als hij zijn plicht van martelarenschap vervult.

Wanneer hij de hemel bereikt na het volbrengen van zijn plicht, zal hij huilen wanneer hij in dankbaarheid voor Gods liefde, zijn huis ziet. Aan de poort van zijn huis, is een hele grote tuin, met vele soorten bloemen, bomen en andere decoraties. Vanaf de tuin naar het hoofdgebouw ligt een weg van goud, en de bloemen prijzen de prestaties van de eigenaar en troosten hem met mooie geuren.

Bovendien, schijnen vogels met gouden veren de lichten en mooie bomen staan in de tuin. Talloze engelen, alle dieren, en zelfs de vogels prijzen zijn prestaties van martelarenschap en verwelkomen hem. En wanneer hij over het pad van bloemen wandelt, wordt zijn liefde voor de Here een mooie geur. Hij zal voortdurend zijn dank betuigen vanuit zijn hart.

"De Here hield echt zoveel van mij en gaf mij deze kostbare plicht! Dat is de reden waarom ik kan blijven in de liefde van de Vader!"

Binnen in het huis, decoreren kostbare edelstenen de muren, en het licht van carnelian, zo rood als bloed en het licht van saffier zijn buitengewoon. De carnelian toont dat hij het enthousiasme bereikt heeft om zijn leven op te geven en de gepassioneerde liefde, zoals de apostel Paulus deed. Het saffier vertegenwoordigd zijn onveranderlijke, rechtvaardige hart en de integriteit om de waarheid te behouden tot de dood. Dat is ter gedachtenis van het martelarenschap.

Aan de buitenwand is een inscriptie door God Zelf geschreven. Het geeft verslag over de tijden van de beproevingen van de eigenaar, wanneer en hoe hij een martelaar werd, en in wat voor soort omstandigheden hij Gods wil vervuld heeft. Wanneer mensen van geloof, martelaren worden, prijzen ze God, of spreken soms woorden om Hem te verheerlijken. Zulke opmerkingen worden op deze muur geschreven. De inscriptie schijnt zo stralend, dat je er helemaal van onder de indruk bent, en vol blijdschap bent, wanneer je het leest en naar de lichten kijkt die eruit komen. Hoe indrukwekkend zal het zijn, daar God, het licht zelf, het schreef! Dus, iedereen die zijn huis bezoekt, zal voor deze geschriften buigen, die door God Zelf

geschreven zijn!
Aan de binnenmuur van de woonkamer, zijn grote schermen met vele soorten muurschilderingen. De schilderijen leggen uit hoe hij handelde toen hij voor het eerst de Here ontmoette – hoeveel hij van de Here hield, en het soort werken die hij deed met dat soort hart op een bepaalde tijd.

In een hoek van de tuin zijn er ook vele soorten van sport uitrustingen, die gemaakt zijn van wonderlijke materialen, en ze hebben decoratie die onvoorstelbaar zijn op deze aarde. God heeft ze gemaakt om hem te troosten, omdat hij heel veel van sport hield, maar het opgegeven heeft voor de bediening. Halters zijn niet gemaakt van metalen of staal zoals op deze aarde, maar zijn door God gemaakt met speciale decoraties. Ze zijn als kostbare stenen die mooi schitteren. Verbazingwekkend, wegen ze verschillend afhankelijk wie er op oefent. Deze toerustingen worden niet gebruikt om iemand in conditie te houden, maar worden gezien als geschenken, als een bron van troost.

Hoe zou hij zich voelen als hij al deze dingen zou zien die God heeft voorbereid voor hem? Hij moest zijn verlangens opgeven voor de Here, maar nu is zijn hart vertroost, en is hij zo dankbaar voor de liefde van Vader God.

Hij kan niet ophouden met God te danken en te prijzen, met tranen, omdat Gods fijngevoelige en zorgdragende hart alles heeft voorbereid wat hij ook maar wilde, en er ontbreekt zelfs niet een klein ding van al zijn wensen in zijn hart.

Mensen volkomen een met de Here en God

In het Nieuwe Jeruzalem, toonde God mij, dat er een huis is,

De Hemel I

die zo groot is als een grote stad. Het was zo verbazingwekkend, dat ik het niet kon helpen dat ik verrast was door de grote, schoonheid en pracht ervan.

Het huis, wat heel groot is, heeft twaalf poorten – drie poorten in elke kant, noorden, zuiden, oosten en westen. In het centrum is een groot drieverdieping hoog kasteel, gedecoreerd met zuiver goud en allerlei kostbare stenen.

Op de eerste verdieping is een grote hal, van waar je van het ene uiterste, het andere niet kan zien, en er zijn vele woonkamers. Ze worden gebruikt voor feestmalen of als ontmoetingsplaatsen. Op de tweede verdieping zijn kamers om de kronen, kleren en geschenken te onderhouden, en er zijn ook plaatsen om de profeten te ontvangen. De derde verdieping wordt uitsluitend gebruikt om de Here te ontmoeten en liefde met Hem te delen.

Rondom het kasteel zijn muren die bedekt zijn met bloemen met mooie geuren. De Rivier van het water des levens stroomt vredevol rond het kasteel, en over de rivier zijn boogvormige wolkenbruggen met regenboogkleuren.

In de tuin maken vele soorten bloemen, bomen en gras de volmaakte schoonheid. Aan de andere zijde van de rivier is een groot bos, boven elke inbeelding.

Er is ook een pretpark, met vele tochten, zoals de kristallen trein, de viking tocht gemaakt van goud, en andere faciliteiten die gedecoreerd zijn met edelstenen. Ze geven verrukkelijke lichten, iedere keer wanneer ze in gebruik zijn. Naast het pretpark, is een breedde bloemenweg, en over de bloemenweg ligt een grote vlakte waar dieren spelen en vredevol rusten, zoals de tropische vlakten op deze aarde.

Anders dan deze, zijn er vele huizen en gebouwen die

gedecoreerd zijn met vele soorten edelstenen die mooi schijnen en geheimzinnig lichten over de gehele gebied. Naast de tuin is ook een waterval, en naast de heuvel is een zee waarop een groot cruise schip vaart, zoals de "Titanic." Dit alles is een deel van iemands huis, dus je kan je een klein beetje voorstellen, hoe groot en breed dit huis is.

Dit huis, wat op een grote stad lijkt, is een toeristen plek in de hemel, en trekt de mensen aan, niet alleen van het Nieuwe Jeruzalem, maar vanuit de gehele hemel. Mensen genieten en delen hun liefde met God. Ook talloze engelen dienen de eigenaar, zorgen voor de gebouwen en faciliteiten, begeleiden de wolken auto's en prijzen God met dans en bespelen muzikale instrumenten. Alles is voorbereid voor de uiterste gelukzaligheid en comfort.

God heeft dit huis voorbereid omdat de eigenaar alle testen en beproevingen overwonnen heeft met geloof en liefde en vele mensen geleid heeft op de weg van redding met het woord van leven en Gods kracht, God eerst en meer dan alle andere dingen lief te hebben.

De God van liefde herinnert alle inspanningen en tranen en betaald terug overeenkomstig datgene wat jij gedaan hebt. En Hij wil dat iedereen met Hem verenigd is, en de Here wil leven geven en liefde, om geestelijke arbeiders te worden die talloze mensen op de weg van redding brengen.

Degene die geloof hebben wat God behaagd, kunnen met Hem en de Here verenigd worden door leven-gevende liefde, omdat ze niet alleen lijken op het hart van de Here en de gehele geest bereikt hebben, maar ook hun leven gaven om martelaren te worden. Deze mensen houden echt van God, en de Here. Ook al zou er geen hemel zijn, ze hebben geen spijt of voelen geen verlies, over hetgeen zij op aarde hebben kunnen genieten en nemen. Het voelt zo gelukkig en vreugdevol in hun harten, om te handelen overeenkomstig Gods woord en om voor de Here te werken.

Natuurlijk, leven mensen met echt geloof in hoop op de beloningen die de Here zal geven in de hemel, net zoals geschreven staat in Hebreeën 11:6, *"Maar zonder geloof is het onmogelijk (Hem) welgevallig te zijn. Want wie tot God komt, moet geloven dat Hij bestaat en een beloner is voor wie Hem ernstig zoeken."*

Het maakt echter niets uit voor hen of er nu wel of geen hemel is, of er nu wel of geen beloningen zijn, of omdat er iets kosbaarders is. Ze voelen zich gelukkiger dan wat ook, om Vader God en de Here te ontmoeten, die ze ernstig liefhebben. Daarom, niet in staat zijn om Vader God en de Here te ontmoeten is ongelukkiger en droeviger dan geen beloningen of leven in de hemel te ontvangen.

Degene die hun onsterfelijke liefde voor God en de Here tonen door hun leven te geven, ook al zou er geen gelukkig hemels leven zijn, zijn met de Vader en de Here, hun bruidegom verenigd door hun levengevende liefde. Hoe groot zal de glorie en beloning voor hen Zijn die God heeft voorbereid!

De apostel Paulus, die verlangde naar de verschijning van de Here en deelnam aan het werk van de Here door vele mensen tot redding te leiden, beleed het volgende:

> *"Want ik ben verzekerd, dat noch dood, noch leven, noch engelen noch machten, noch heden noch toekomst, noch krachten, noch hoogte noch diepte, noch enig ander schepsel ons zal kunnen scheiden van de liefde Gods, welke is in Christus Jezus, onze Here"* (Romeinen 8:38-39).

Het Nieuwe Jeruzalem is de plaats voor Gods kinderen, die verenigd zijn met Vader God door dit soort liefde. Het Nieuwe Jeruzalem dat zo helder en mooi is als kristal, waar er onvoorstelbare, overstromende gelukzaligheid en vreugde zal zijn, is op deze wijze voorbereid.

De Vader, God van liefde, wil niet alleen dat iedereen gered wordt, maar ook gelijkt op zijn heiligheid en volmaaktheid, zodat ze in het Nieuwe Jeruzalem komen.

Daarom bid ik in de naam van de Here, dat je zal beseffen dat de Here die naar de hemel ging om een plaats voor je te bereidden, spoedig weerkomt en bereik de gehele geest en bewaar jezelf onberispelijk, zodat je een mooie bruid zal worden die kan belijden, "Kom spoedig, Here Jezus."

De auteur:
Dr. Jaerock Lee

Dr. Jaerock Lee werd geboren in Muan, Provincie Jeonnam, Republiek van Korea, in 1943. In zijn twintiger jaren, leed Dr. Lee aan verschillende ongeneeslijke ziektes gedurende zeven jaar en wachtte op zijn dood zonder enige hoop op herstel. Op een dag in de lente van 1974, echter, werd hij naar een kerk geleid door zijn zuster en toen hij neerknielde om te bidden, genas de levende God hem onmiddellijk van al zijn ziektes.

Vanaf die tijd, ontmoette Dr. Lee de levende God door deze wonderlijke ervaring, hij heeft God lief met zijn hele hart en in oprechtheid, en in 1978 werd hij geroepen om een dienstknecht van God te zijn. Hij bad vurig zodat hij duidelijk de wil van God kon begrijpen en deze volledig te vervullen en alle woorden van God te gehoorzamen. In 1982, richtte hij de Manmin Kerk op in Seoul, Zuid-Korea, en ontelbare werken van God, inclusief wonderlijke wonderen van genezing en tekenen, hebben plaats gevonden in zijn kerk.

In 1986, werd Dr. Lee aangesteld als een voorganger in de jaarlijkse vergadering van Jezus' Sungkyul Gemeente van Korea, en 4 jaar later in 1990, werden zijn boodschappen uitgezonden in Australië, Rusland, de Filippijnen en nog meer landen door het Verre Oosten Televisie Bedrijf, het Televisie Bedrijf Azië, en het Washington Christelijke Radio Systeem.

Drie jaar later in 1993, werd de Manmin Centrale kerk uitgekozen tot een van de "werelds top 50 kerken" door het *Christian World* magazine (US) en hij ontving een Ere doctoraat van Godgeleerdheid van het Christian Faith College, Florida, USA, en in 1996 een Dr. in de Bediening van Kingsway Theologische Seminarium, Iowa, USA.

Sinds 1993, heeft Dr. Lee de leiding genomen in de wereld zending door vele overzeese campagnes in Tanzania, Argentinië, L.A., Oeganda, Japan, Pakistan, Kenia, de Filippijnen, Honduras, India, Rusland, Duitsland, Peru, Democratisch Republiek van Kongo, en Israël en Estonia.

In 2002 werd hij een "wereldwijde opwekkingsprediker" genoemd door een groot Christelijk Nieuwsblad in Korea, vanwege zijn krachtige bedieningen tijdens buitenslands campagnes. Vooral, zijn "New York campagne in 2006" welke gehouden werd in de Madison Square Garden, de beroemdste arena ter wereld, werd uitgezonden in meer dan 220 naties, en zijn 'Israel Verenigde Campagne in 2009' welke gehouden werd in het International Convention Center in Jeruzalem, waar hij vrijmoedig Jezus Christus verkondigde als de Messias en Redder. Zijn boodschap werd uitgezonden in 176 landen via satelliet inclusief GCN TV en hij stond op de Top 10 lijst als zijnde een van de meest invloedrijke Christelijke leiders van 2009 en 2010, door een bekend Russisch Christelijke magazine *In Victory* en nieuwe bureau *Christian Telegraph* voor zijn krachtige TV uitzendingen en buitenlandse kerk-en pastorbediening.

Vanaf januari 2016, is de Manmin Central Church een gemeente met meer dan 120,000 leden en 10,000 binnenlandse en buitenlandse aftakkingen van de kerk over de hele wereld, inclusief 56 binnenlandse dochtergemeenten, en heeft meer dan 103 zendelingen uitgezonden naar 23 landen, inclusief de Verenigde Staten, Rusland, Duitsland, Canada, Japan, China, Frankrijk, India, Kenia, en veel meer.

Tot de datum van deze publicatie, heeft Dr. Lee 100 boeken geschreven, inclusief bestsellers als *Het Eeuwige Leven Smaken voor de Dood, Mijn Leven, Mijn Geloof I & II, De Boodschap van Het Kruis, De Mate van Geloof, De Hemel I & II, De Hel*, en *De Kracht van God*, en zijn werken zijn vertaald in meer dan 75 talen.

Zijn christelijke columns verschijnen in *The Hankook Ilbo, The JoongAng Daily, The Dong-A Ilbo, The Chosun Ilbo, The Munhwa Ilbo, The Seoul Shinmun, The Kyunghyang Shinmun, The Korea Economic Daily, The Korea Herald, The Shisa News,* en *The Christian Press.*

Dr. Lee is tegenwoordig oprichter en president van een aantal zendingsorganisaties en verenigingen: evenals voorzitter, De Verenigde Heiligheid Kerk of Jezus Christus; President, Manmin Wereld Zending; Blijvend President, Van de Wereld Christelijke Opwekkingsvereniging; Oprichter en bestuursvoorzitter, Wereld Christelijke Netwerk (GCN); Oprichter en Bestuursvoorzitter, De Wereld Christen Doktors Netwerk (WCDN); en Oprichter en Bestuursvoorzitter, Manmin Internationale Seminarium (MIS).

Andere krachtige boeken van dezelfde auteur

De Hemel II

Een uitnodiging tot de heilige stad van het Nieuwe Jeruzalem, waarvan de twaalf poorten gemaakt zijn van stralende parels, die in het centrum van de enorme hemel schittert schijnen als zeer kostbare edelstenen.

De Boodschap van Het Kruis

Een krachtige boodschap voor alle mensen om degene wakker te maken die geestelijk slapen! In dit boek kan je de reden vinden waarom Jezus de enige Redder is en de ware liefde van God.

De Hel

Een ernstige boodschap voor de gehele mensheid van God, die wenst dat niet een ziel valt in de diepten van de hel! U zult ontdekken de nooit-eerder-geopenbaarde weergave van de wrede realiteit van het Onder Graf en de Hel.

Geest, Ziel en Lichaam I & II

Een gids welke ons geestelijk begrip geeft van geest, ziel en lichaam en ons helpt om te ontdekken wat voor soort "zelf" wij hebben gemaakt, zodat wij de kracht kunnen verkrijgen om de duisternis te vernietigen en een geestelijk persoon kunnen worden.

De Mate van Geloof

Wat voor soort verblijfplaats, kroon en beloningen zijn er voor u voorbereid in de hemel? Dit boek is voorzien van wijsheid en leiding om uw geloof te meten en te ontwikkelen tot het beste en meest volwassen geloof.

Maak Israël Wakker

Waarom heeft God Zijn ogen over Israel bewaard vanaf de grondlegging der wereld tot op vandaag? Welke voorziening heeft Hij voorbereid voor Israel in deze laatste dagen, die op de Messias wacht?

Mijn Geloof, Mijn Leven I & II

Een zeer welriekende geestelijke geur onttrokken uit het leven dat bloeide met een onmetelijke liefde voor God, te midden van de donkere golven, koud juk en de diepste wanhoop.

De Kracht van God

Een boek wat gelezen moet worden, welke dient tot een noodzakelijke handleiding waardoor iemand echt geloof kan bezitten en de wonderlijke kracht van God kan ervaren.

www.urimbooks.com

www.ingramcontent.com/pod-product-compliance
Lightning Source LLC
LaVergne TN
LVHW041701060526
838201LV00043B/519